Peter Bergmann

Die Leiche ist halb durch

Krimiparodie

Impressum
Die Leiche ist halb durch

Fall Nr. 1 der Reihe „Privatdetektiv Jingle Bell"

Krimiparodie
Autor: Peter Bergmann
Kontakt: www.peter-bergmann.at

ISBN: 978-3-9504215-2-1

Goldmähnchen

Hi! Auf der Tafel neben meiner Bürotür steht mein Name, Jingle Bell. Bell, nicht Bells, denn ich bin kein Weihnachtslied. Darum steht auch noch ‚Privatdetektei' darunter. Wundert euch nicht: Bell heiße ich, weil mein Großvater ein englischer Soldat war. Jingle heiße ich nicht wirklich. Das ist mein Spitzname, den ich schon im Kindergarten verpasst bekommen habe, eben wegen dem Weihnachtslied. Kinder finden so was witzig. Mein richtiger Vorname ist Franz Xaver, weil alle meine nicht englischen Vorfahren so geheißen haben. Das ist ein trauriges, aber nicht seltenes Schicksal, bei Google findet man unzählige Treffer dazu. Die Kombination Franz Xaver Bell ist allerdings unerträglich. Sogar schlichte Gemüter brauchen nur einige Wochen, um draufzukommen, dass man Franz Xaver Bell leicht in einen Befehl umwandeln kann. Franz Xaver: Bell! Und gerade die Schlichten bekommen dann gar nicht mehr genug davon. Wenn man die Wahl hat zwischen einem Kommando, das einem Hund namens Franz Xaver gilt und einem Weihnachtslied, was nimmt man? Eben. Deshalb steht das Lied mit Bell statt Bells auf dem Schild. Schild und Tür finden Sie übrigens in Monakree, der Stadt des tanzenden Hahns. Dank meines Großvaters bin ich aber kein waschechter Monakreer. Insofern habe ich vom letzten großen Showdown persönlich profitiert. Ein 3/4-Monakreer ist nahe genug an der Schmerzgrenze.
Mein Büro betreibe ich in einem wenig ansehnlichen Hochhaus, nicht gerade im Zentrum der Stadt. Rechts neben mir handelt ein Exileskimo mit indischen Räucherstäbchen, links neben mir nähen verschleierte Frauen tanzende Hähne auf kleine Zelte, die auf verschlungenen Wegen als Kleidungsstücke in die Welt des Modedesigns gelangen. Wenn Sie in Paris oder sonst wo einer Dame begegnen, die tanzende Hähne auf dem Rücken trägt, dann wissen Sie, dass

die Hähne aus der Näherei links neben meinem Büro
stammen. Von nirgendwo anders.

Es – mein Büro – besteht übrigens aus einem einzigen Raum,
ich zähle jeden Tag nach. Er muss bei irgendwelchen
Umbauarbeiten lange vor meiner Zeit übrig geblieben sein.
Das erklärt, warum er weder über einen Wasseranschluss noch
eine Toilette verfügt. Und das erklärt, warum ich ihn mir
leisten kann. Verwechseln Sie mich also nicht mit Pinkerton,
nur wegen des Detektei-Schildes. Mein Büro verfügt über eine
Deckenlampe und zwei Elektrosteckdosen. Wer für den Strom
bezahlt, weiß ich nicht. Ein Zähler war nicht zu finden und ich
kann meine Zeit nicht mit der Suche danach verplempern.
Was wiederum nicht heißen soll, dass ich über zu wenig Zeit
verfüge, es geht mir dabei ums Prinzip.

Nachdem ich schon so viel über mein Büro erzählt habe, sollte
ich noch einige Worte zu seiner Einrichtung verlieren. Es
steht ein Schreibtisch darin, wie ihn diese Matador-
Möbelhäuser für Arbeitszimmer verkaufen, für die
Arbeitszimmer von Achtjährigen. Dahinter steht ein passender
Drehsessel, auf dem ich sitze, davor steht ein wetterfester
Alusessel, der einmal einem Café gehört hat. Dort sitzen
meine Kunden. In Reichweite meiner linken Hand brummt ein
Kühlschrank, in den 127 Bierdosen passen, ich habe auch das
nachgezählt. Es ist kein neues Modell, es brummt laut und
produziert viel Wärme, was ich im Winter zu schätzen weiß,
weil mein Büro über keinen eigenen Heizkörper verfügt. In
puncto Heizung partizipiert es von den Heizkörpern der Büros
rechts, links, oben und unten. Da seinerzeit keine Kältebrücke
in Form eines Fensters eingebaut wurde, genügt das im
Normalfall. Auf dem Schreibtisch steht ein hübsches rotes
Telefon. Nicht *das* rote Telefon natürlich, es fehlt ihm auch
das Kabel, zum Telefonieren besitze ich ein Handy. Das war
es sozusagen mit der Einrichtung, denn mehr passt nicht
hinein, in mein Büro.

Ich sitze also da, zerbreche mir nicht den Kopf und warte.
Worauf? Darauf, dass jemand an die Tür klopft oder mein

Handy Laut gibt. Wenn mir mal langweilig ist, zähle ich die Dosen im Kühlschrank und nach jedem Zählen ist es um eine weniger.

Aber dann kommt endlich ein Anruf und ich trabe los. Zu einem Bürohaus in einer viel nobleren Gegend. Hier tragen sogar die Tauben ihre Nase, oder was sie dafürhalten, hoch. Nie hätte eine von denen auf meinen antiken Käfer gekackt, die kacken auf nichts, was weniger als 100.000 Euro kostet. Ich öffne eine noble Tür und bin mittendrin in meinem erotischen Jingle-Bell-Wunderland.

„Guten Tag", schnurrt Goldmähnchen.

Sie ist appetitlich wie frische Pfirsichhälften und ihre Stimme samtweich und dunkel wie Moos im tiefen Wald. Moos, das sich wunderbar anfühlt, wenn man es streichelt. Glaube ich. Echte Monakreer trifft man selten im Wald.

„Wow!", stöhne ich. „Wow!"

Die Basketbälle in ihrer Reinseidenbluse füllen sich. Reine Seide, sonst nichts.

„Ich liebe Hunde", versichert sie. „Rassehunde."

Der Sauerstoffverlust beim Sprechen ist gerade groß genug, damit die Bälle nicht alle Blusen sprengen.

„Welche Marke?", krächze ich. „Heraus damit und ich schenk dir einen Strauß davon für unser Schlafzimmer."

Ihr blaugrüner Meerjungfrauenblick prüft fünffach lackierte Fingernägel, bevor er wieder in meinen Himmel taucht. Die Ventile an den Bällen wölben die Seide, ein engelhaftes Leuchten überzieht ihr Gesicht.

„Bist du der Unbekannte, der gestern in der Schaffarm alle Böcke vergewaltigt hat? Schämst du dich nicht?"

Ich fische eine Zigarette aus dem Ärmel und gebe mir Feuer.

„Gestern war das?", sinniere ich. „Und sie haben mich schon weiterempfohlen? Gut bei Kondition, die Burschen. Als ich ging, meckerten sie so groggy wie nach einem Besuch der Priesterseminaristen."

Rot werden verstößt gegen ihre kosmetische Etikette, aber sie versucht es mit Anstand. Vielleicht kennt sie ein paar Seminaristen.

Ich gebe es zu, meine Augen saugen sich an ihr fest. Polypenartig, napfartig, unartig. Ihre Lippen sind schnelle Kurven. Mit einem kleinen kecken Muttermal neben dem rechten Mundwinkel. Das Muttermal ist die Schikane. Es scheint ganz leicht zu vibrieren. Ein plötzliches Schwindelgefühl zwingt mich, Halt an ihrem Schreibtisch zu suchen. Der Typ, der ihn gebaut hat, unbekanntem Gott sei Dank, war Plexiglaser. Sie trägt ein Röckchen, das kürzer ist als ihre Wimpern. Ich brauche keine zehn Minuten, um zu erkennen, dass die Welt hier noch in Ordnung ist. Mit einem Gefühl zwischen Weihnachtskugel und Osterei komme ich wieder hoch.

Ihre Augen glitzern. Die Schnelle-Kurven-Lippen öffnen sich. Aber was immer sie sagen will, ich bekomme es nie zu hören, denn unversehens schwappt ihre Aufmerksamkeit über meine Schulter und zerbricht unser kleines Universum, in dem ich mich gerade so nett eingerichtet habe. Ich wirble herum. Der Kerl ist so leise hereingeschlichen wie eine Stubenfliege mit Filzpantoffeln. Er ist an den Schläfen dick angegraut, cremegebräunt und mindestens so elegant wie der alte Untermieter im Männermagazin. Seine rechte Hand schiebt er gerade ins Innere seines Sakkos. Das ist eine Bewegung, die mich hochgradig nervös macht. Zum Glück ist er nicht der Schnellste. Ich gönne ihm meine Spezialgerade exakt aufs Charakterkinn. Sie legt ihn sauber flach. Wie die besten Ammen der Stadt ihre lieben Kleinen. Wie die bravsten Ehemänner ihre kleinen Seitenlieben. Er macht viel Lärm um Nichts beim Umfallen und dann keinen mehr. In die plötzliche Stille gluckst ein humorvoller Küchenabfluss. Aufs Schlimmste gefasst, drehe ich mich um. Doch da gibt es keine defekte Installation, sondern nur das Goldmähnchen, das ganz krampfhaft etwas unterdrückt.

„Kennst du den Typ?", frage ich.

Ihr Blick lässt alles Mögliche offen, doch mein Selbstvertrauen kann er nicht erschüttern.

„Das ist der Chef", presst sie heraus, als müsste sie ein Elefantenbaby zur Welt bringen. Und dann lacht sie los, so als wäre sie einen Monat lang gekitzelt worden. Oder zwei.

Es ist gut, dass niemand vom Nobelpreiskomitee meinen Gesichtsausdruck mitbekommt. Das hätte meine Chancen radikal vermindert. Aber schließlich stellt man sich nicht jeden Tag auf diese Weise einem Auftraggeber vor. Und noch seltener amüsiert sich seine Sekretärin so hemmungslos darüber.

Immerhin ist sie keine Freundin verdrängter Gefühle. Das ist das Positive daran.

Ich bücke mich zum Schläfer und sehe nach, was er aus seiner Innentasche ziehen wollte. Das Gefährlichste darin ist eine Brille mit Goldfassung und eine Handvoll kupferner Visitenkarten mit der Aufschrift: Sandro Sanini, Börsenmakler. Ich tippe auf die Brille.

Einen Börsenmakler auf derart sportive Weise flachzulegen, ist bestimmt eine verdienstvolle Tat, die den Beifall des breiten Publikums nicht missen wird. Dennoch: auwei. Meine innere Stimme flüstert mir zu, dass ich diesen Job wohl vergeigt habe. Und dass ich am besten gleich verdufte, weil mich nichts mehr hier hält. Doch dann verirrt sich mein Blick zu den Säulen des Gelobten Landes, diesmal ohne Plexiglas. Und verdammt noch mal: Die halten mich hier fest. Fester als jeder Superkleber. Solche Beine sollten verboten werden, weil sie starke Männer wehrlos machen wie frisch geschlüpfte Küken.

Neben mir rührt sich was. Sandro Sanini findet stöhnend in die Welt zurück. Ich will ihm helfen und tätschle seine Wangen, aber er stöhnt nur noch lauter. Außerdem fällt seine männliche Bräune in kleinen Bröckchen auf den Boden. Er schlägt die Augen auf und blinzelt verwirrt zur Decke. Goldmähnchen beendet den Heiterkeitsausbruch und tut ein bisschen besorgt. Von ihrem Platz hinter dem Schreibtisch erhebt es sich allerdings nicht.

Saninis wasserblaue Augen wandern hin und her, bis sie endlich mich ins Visier bekommen. Er bemüht sich um einen bitterbösen Blick. Ich murmle vage etwas über seinen Kreislauf und dass er bestimmt überanstrengt sei, bei all dem Erfolg, den er so habe.

Er rappelt sich auf und versucht immer noch, mir mit seinem Blick schreckliche Angst einzujagen. Weil das nicht richtig klappt, holt er aus und schlägt zu. Sein manikürtes Händchen trifft auf mein Kinn, die Fingerknöchel krachen verdächtig. Mit einem pfeifenden Geräusch saugt er die Luft ein und hüpft ein wenig im Kreis, während er seine Faust reibt. Ich will ihm die Revanche nicht verderben und sage beeindruckt: „Mann, Sie haben ja einen Mordshammer! Der hätte mich beinahe umgehauen."

Goldmähnchen gluckst wieder leise.

Sanini überlegt kurz und entscheidet sich dann, mir zu glauben.

„Damit sind wir ja quitt", zischt er durch sein reinweißes Porzellangebiss. Ich entdecke ein paar Sprünge im Service und hoffe, dass er nicht gleich in den Spiegel sieht.

Goldmähnchen prüft ihre Fingernägel erneut auf Anzeichen von Rost und bemerkt im routiniertesten Geschäftston: „Der Herr ist eben gekommen. Er hat sich noch nicht vorgestellt." Ihr Chef schenkt ihr kaum mehr Aufmerksamkeit als ein Briefmarkensammler gebrauchten Bierdeckeln.

„Dann denken Sie einmal scharf nach, Fräulein Lorrap, wer das wohl sein könnte", schnarrt er. „Aber verschneiden Sie sich nicht."

‚Fräulein' passt mir gut. Sein Ton allerdings nicht. Auf ihr geringstes Zeichen hin hätte ich den Boss für seine Unverschämtheit zweimal durch den Briefschlitz gedrückt, einmal hinein, einmal hinaus, trotz Klappe. Doch sie ist es wohl gewöhnt. Nur ihre Stimme klingt kühl wie mein Büro im Januar.

„Keine Sorge, Chef. Ich bin gut versichert."
Sie ist tatsächlich hinreißend. Und Fräulein. Ich hole die
versäumte Vorstellung rasch nach, verbeuge mich in ihre
Richtung und sage: „Ich heiße Bell, Schönheit. Jingle Bell."
„Ach, der Detektiv", meint sie.
Wenn ich auf ein Zeichen lebhaften Interesses gehofft habe,
werde ich enttäuscht. Ihre ganze Konzentration gilt nun dem
rechten Daumennagel. Vielleicht hat sie doch einen Kratzer
im Lack entdeckt. Sanini mustert sie böse, weil sie ihn
genauso ignoriert wie mich und er sie ja immerhin bezahlt.
Doch sie beachtet weiterhin nur ihren Daumen, also wendet er
sich um, wirft mir ein unfreundliches „Kommen Sie" über die
Schulter zu und steuert eine ledergepolsterte Tür an, die er
öffnet, um im Raum dahinter zu verschwinden. Ich gebe mich
nicht so schnell geschlagen, sondern beuge mich über den
Schreibtisch und sage: „Üb fleißig weiter, Goldschöpfchen.
Dann wirst du noch richtig gut."
Sie sieht mich fragend an.
„Wobei?"
„Na, mit den Bällen", sage ich.
Sie versteht gleich, dass ich die unter der Seide meine und
wenn ein Vulkan Augen hätte, würden sie kurz vor dem
Ausbruch genau so flackern. Ich warte ihn nicht ab, den
Ausbruch. Rasch folge ich Sanini in sein Prunkbüro. So sieht
es also aus, wenn Makler unheimlich viel Kohle machen –
bunt. Ich meine, jede Menge bunter Bilder hängen an den
Wänden und überall stehen kleine Tischchen mit seltsamen
Skulpturen darauf. Eine hat es ihm wohl besonders angetan.
Sie ist aus Metall und hat entfernte Ähnlichkeit mit einer
Lokomotive nach dem ultimativen Zugunglück. Er betrachtet
sie ganz verliebt.
„Singender Fish", weiht er mich stolz ein. „Von Gaurigeaux."
„Dem Onkel von Camembert?", erkundige ich mich.
„Jedenfalls ein seltenes Exemplar. Ich angle auch manchmal.
Aber so etwas war nie dabei."
Er betrachtet mich wie einen vergessenen Abfallkübel vom

letzten Jahr, Bio, der gerade auf seinem antiken Perser
ausgekippt wurde.

„Das ist eine abstrakte Büste. Mr Fish singt seit vielen Jahren
an den bedeutendsten Opernhäusern der Welt."

„Ach", sage ich schnell. „*Der* Fisch."

Aber ich glaube nicht, dass er es mir abnimmt. Deshalb
widme ich mich dem amusischen Teil der Einrichtung. Der ist
auch nicht ohne. Billiger wäre ihm wahrscheinlich der
Spiegelsaal von Versailles gekommen. Nur ist der nicht so
gediegen. Die Maserung des Parkettbodens bildet kleine
Pfundzeichen ab, die Tapete besteht aus echten
Hundertdollarscheinen. Handvernäht. Jenseits der Fensterfront
erstreckt sich ein Panoramablick bis weit jenseits der Stadt.
Fast bis ans Meer, obwohl Monakree tief im Binnenland liegt.
Ich pfeife anerkennend.

„Verdienen Sie Ihr Geld auf den üblichen Pfaden oder
drucken Sie es selbst?"

Er verzieht das Gesicht.

„Ihr Humor ist atemberaubend. Ich will aber nicht zum
Asthmatiker werden, also verschonen Sie mich damit."

Er verschanzt sich hinter einem Schreibtisch, in dem leicht
zwei Ferraris Platz gefunden hätten. Einer in der Schublade
rechts, einer links. Ich wäre auch gar nicht überrascht, wenn er
wirklich welche darin parkt. Nur um ab und zu eine Runde in
seinem Büro zu drehen. Denn groß genug dafür ist es allemal.
Als wir beide sitzen, habe ich den Eindruck, dass er mich zum
ersten Mal richtig ansieht. Das ist kein Wunder, denn bis jetzt
haben wir ja vor allem handgreifliche Höflichkeiten getauscht.
Nun betrachtet er mit großen Augen – und bestimmt nicht
ohne einen Anflug von Neid – meinen grün-gelb karierten
Anzug, der perfekt zu den lachsfarbenen Lackstiefeln passt.
Es war bei Gott nicht einfach, an dieses Outfit
heranzukommen. Dazu trage ich den orangefarbenen Schlips
mit den schwarzen Punkten, alle verschieden groß. Natürlich
fällt sein fader Nadelstreif daneben ziemlich ab und das spürt
er wohl auch. Jedenfalls schüttelt er kurz den Kopf, um

wieder klar zu werden, dann sagt er mit seiner schnarrenden Stimme: „Meine Güte!"

Ich grinse bescheiden. Er schüttelt noch einmal den Kopf.

„Kommen wir zur Sache. Sehen Sie sich das an."

Damit schiebt er ein Foto über die Tischplatte. Es ist das Porträt einer stark geschminkten Vierzigjährigen mit strohblondem Bubikopf. Sie hat misstrauische Augen und eine schmale, etwas zu lange Nase und einen arroganten Mund. Rein persönlich ist sie für mich nicht attraktiver als ein unversicherter Totalschaden. Sie gehört zweifellos zu den Menschen, die man gern einmal besucht, nur weil man sich darauf freut, sich bald wieder zu verabschieden. Aber ich behalte das lieber für mich, denn er hat bestimmt einen Grund, mir dieses Foto zu zeigen.

„Wer ist die Puppe?", frage ich.

Er räuspert sich.

„Meine Frau. Sie sollen sie finden."

Ich sehe mir das Bild noch einmal an. Der Wille des Herrn ist unergründlich. Dabei ist Goldmähnchen keine fünfzig Meter weit von seinem Schreibtisch entfernt. Vielleicht kann er meine Gedanken lesen, jedenfalls schneidet er ein Gesicht, als hätte er gerade ein Glas Zwiebelsaft gekippt.

„Also, was ist? Wollen Sie den Auftrag?"

Ich denke an mein eigenes Büro und an meinen Kontostand und der Gedanke stimmt mich augenblicklich so traurig, dass ich nur stumm nicke. Ja, zum Teufel. Ich will den Auftrag nicht nur, ich brauche ihn sogar. Sanini wird sofort knapp und dienstlich, weil er sich jetzt auch wie mein Chef fühlt.

Telegrammartig legt er los. Seine Frau heißt Lisbeth. Sie ist seit Freitag mit Funny, ihrem Pudel, verschwunden. Es ist Montagvormittag. Ich frage, was er seit Freitag unternommen habe. Er verknotet seine langen, dünnen Finger.

„Ich war auf einer Geschäftsreise. Das Dienstmädchen erzählte mir gestern Nacht bei meiner Ankunft, dass Lisbeth abgängig sei. Sie meinte, sie sei am Freitag in den Eden-Club gegangen, wie immer. Ich habe die dumme Gans auf der

Stelle entlassen, weil sie mich nicht früher verständigt hat. Heute rief ich im Club an, aber der Geschäftsführer war nicht erreichbar. Danach ließ ich im Branchenverzeichnis nach einem Detektiv suchen und man ist auf Sie gestoßen."

Er macht nicht den Eindruck, als ob ihn das besonders freuen würde.

„Ist Ihre Frau schon öfter verschwunden?"

„Nein, natürlich nicht."

„Haben Sie es bei der Polizei versucht?"

Sanini schüttelt heftig den Kopf. Dabei entblößt er kurz vier dunkelviolette Striemen an seinem Hals.

„Ich habe mich in den Krankenhäusern erkundigt. Lisbeth hatte keinen Unfall."

„Kann sein, dass ich schwer von Begriff bin", sage ich, ohne es zu meinen. „Aber was liegt näher, als in so einem Fall die Bullen zu fragen?"

„Sie sind schwer von Begriff", übernimmt er schamlos den aufgelegten Ball. „Bei der Polizei gibt es zu viele undichte Stellen. Als Börsenmakler kann ich mir Indiskretionen nicht leisten. Ich hoffe, Sie sind diskret. Jedenfalls diskreter als das, was Sie anhaben."

Ganz klar, dass er neidisch ist. Ich grinse erneut.

„Hat Ihre Gattin einen Geliebten?"

Er läuft krebsrot an. Zumindest dort, wo zuvor die Farbe von ihm abgebröckelt ist. Es sieht nicht gut aus. Mein Kontostand tritt mir kräftig in den Hintern – bildlich gesprochen –, denn vielleicht war diese Frage nicht diskret genug. Bestimmt überlegt er, ob er mich nun doch rauswerfen soll. Aber er atmet nur tief durch.

„Nicht, dass ich wüsste. Noch etwas?"

„Was hatte sie zuletzt an?"

Er runzelt die Stirn.

„Das Mädchen sagte was von einem blauen Kostüm. Aber im Club trägt sie ohnehin nur ihren Schmuck."

Ein heißer Wüstenwind fährt durch meinen Mund und trocknet ihn aus. Meine Stimme klingt mir selbst ganz fremd.

16

„Kann man dem Club beitreten? Als Edelsteinexperte?"
Er zieht ein Taschentuch aus der Hose und wischt sich
gründlich die Hand ab, mit der er mein Kinn gestreichelt hat.
„Der Eden-Club ist Nudistengelände. Meine Frau ist
Anhängerin der Freikörperkultur. Und jetzt entschuldigen Sie
mich bitte. Ich habe zu tun. Wenn Sie etwas brauchen,
wenden Sie sich an Fräulein Lorrap."
Ich schäle mich aus dem Fauteuil, stecke das Foto ein und
nicke ihm zu.
„Das hatte ich vor. Sie hören von mir."
Er sagt nichts. Zwischen meinen Schultern spüre ich seinen
Blick wie zwei spitze Klapperschlangenzähne – je Auge ein
Zahn – bis die Tür hinter mir ins Schloss fällt.
Goldmähnchen blickt mir neugierig entgegen.
„Hat er dich rausgeschmissen?", fragt sie hoffnungsvoll. Ich
setze mich auf den Schreibtisch, wo ich die besten Aussichten
habe.
„Ganz und gar nicht. Wir arbeiten jetzt beide für denselben
Burschen. Das ist doch ein Grund zum Feiern. Nichts ist
wichtiger als ein gutes Verhältnis zwischen den Angestellten.
Was meinst du, passt dir heute Abend?"
Sie legt zwei Stückchen Südpol in ihre Meerjungfrauenaugen.
„Soll das eine Einladung zum guten Verhältnis sein?"
Durch die Sprechanlage schnarrt Saninis Stimme.
„Geben Sie Bell eine Anzahlung und beantworten Sie seine
Fragen. Aber halten Sie ihn um Himmels willen nicht auf,
wenn er gehen will!"
„Wie hoch ist die Anzahlung?", erkundigt sie sich.
„Fragen Sie ihn doch selbst!", bellt Sanini und unterbricht die
Verbindung.
Ungläubig starrt sie mich an.
„Da hast du sein Gehirn aber ordentlich gebeutelt mit deinem
Schlag vorhin. Üblicherweise feilscht er um jeden Cent wie
Onkel Dagoberts geiziger Bruder. Hast du ihn hypnotisiert?
Na ja, bei deinem Aussehen."
Ich muss zugeben, meine Schale hat sich schon gelohnt, wenn

sogar eine Klassebraut wie Goldmähnchen mir schmeichelt.
Sie nimmt ein Bündel Scheine aus einer Lade und sieht mich
fragend an.
„Nur zu", sage ich. „Ich rufe schon rechtzeitig Stopp. Heute
Abend geht also in Ordnung?"
Sie beginnt, ein Häufchen Zwanziger aufzuschichten.
„Zuerst Abendessen und dann eine nette, kleine Bar?", rät sie.
„Nette, kleine Bar ist immer gut", stimme ich zu.
„Dann fährst du mich nach Hause und ich lade dich zu einem
Kaffee ein?"
Ja! Das Projekt läuft gut an.
„Kaffee mag ich auch", versichere ich ihr.
Sie rümpft ihre Stupsnase und das sieht so absolut bezaubernd
aus, dass ich sie am liebsten an Ort und Stelle in die Arme
nehmen und küssen würde.
„Und dann?"
Was meint sie mit ‚Und dann'? Wenn man auf den blinkenden
Knopf drückt, geht die Rakete los, das muss man doch
niemandem erklären.
„Dann unterhalten wir uns", sage ich, vorsichtig geworden.
„Dein Geschmack ist bestimmt eine längere Aussprache
wert", erwidert sie schnippisch. „Aber mit einem Psychiater,
nicht mit mir."
„Mach dir keine Sorgen deshalb. Wir legen uns einfach auf
die Couch und improvisieren."
„Unterschreib die Quittung", verlangt sie.
Ich unterschreibe und stecke das Geld ein, was mich mit
einem Schlag zehnmal reicher macht, als ich es zuvor
gewesen bin.
„Wo willst du den Abend beginnen, Süße?", erkundige ich
mich.
„Im Mogul", entgegnet sie kühl. „Beginnen und beenden."
Ich stöhne auf. Die Preise vom Mogul kenne ich bloß vom
Hörensagen und ich habe nie glauben wollen, was ich so
hörte. Weil ich vor Bauchweh kein Lächeln übrig habe, blecke

ich als Imitation die Zähne und sage: „Fein. Über das Ende reden wir dann noch."

Sie hat kein Bauchweh und deshalb jede Menge Lächeln übrig.

„Ich habe seit Tagen nur Salat gegessen", verrät sie mir. „Ich wette, ich kann die Speisekarte zweimal rauf und runter futtern."

Ich weiß, wann ich geschlagen bin.

„Na gut", resigniere ich. „Aber jetzt verrate mir, was du von der Sache weißt. Ich meine den entfleuchten Maklertraum."

„Gar nichts weiß ich. Der Chef hat mir gesagt, dass Lisbeth seit Freitag nicht nach Hause gekommen ist. Er wollte wissen, ob ich etwas von ihr gehört habe. Habe ich aber nicht. Dann telefonierte er herum und teilte mir mit, dass er einen Detektiv beauftragen wolle."

„Wie ist er auf mich gekommen?"

„Das war ein unglücklicher Zufall", sagt sie leichthin. „Du stehst im Verzeichnis an erster Stelle."

Aber ich weiß, dass das nicht stimmt.

„Zeig einmal her", verlange ich. Sie schlägt das Telefonbuch auf und dreht es zu mir.

„Siehst du? An erster Stelle steht die Agnus-Detektei. Es ist das größte und renommierteste Detektivbüro der Stadt."

Sie wirkt überrascht.

„Tatsächlich. Aber er hat mir deinen Namen und deine Nummer durchgegeben."

„Er hat mich selbst ausgewählt?"

„Ja."

Ich habe noch dieses abfällige ‚Ich ließ suchen …' im Ohr. Das ist vielleicht seltsam, genau so seltsam wie der Umstand, dass ein Typ wie Sanini mich nicht hochkant hinausgeworfen hat, als er aus seinem kurzen Schlummer erwacht war. Ich riskiere einen Schuss ins Blaue.

„Rasiert sich dein Chef öfter mit deinen Fingernägeln?"

Diesmal wird sie wirklich rot.

„Ich weiß nicht, was in ihn gefahren ist. Ich musste mich

19

wehren. Aber er entschuldigte sich gleich darauf und meinte, es sei ein einmaliger Ausrutscher gewesen."

„Wann ist das passiert?"

„Am Samstagabend in Lunakree."

„Also bevor ihm das Verschwinden seiner Frau bekannt war?"

„Weißt du, was dich so unwiderstehlich macht?"

„Meine erotische Ausstrahlung?", rate ich.

„Nein", entgegnet sie süßlich. „Deine kristallklare Logik."

„Das ist es!", frohlocke ich.

Ihre verständnislose Miene gibt mir Auftrieb.

„Unser Thema für die Couch. Die Minderwertigkeitskomplexe der Sexbombe bezogen auf den überlegenen männlichen Verstand."

Sie blitzt mich an wie ein frisch geschliffenes Damaszenerschwert.

„Dein karierter Männlichkeitswahn ist dezent wie Bullenschweiß. Frag lieber weiter."

Ich stecke den Bullenschweiß in eine Seitentasche und ordne meine Gedanken.

„Hat Sanini ein gutes Verhältnis zu seiner Frau?"

Aus irgendeinem Grund behagt ihr die Frage nicht. Sie kurbelt jede Regung aus den gepflegten Modelzügen und lässt sich mit der Antwort Zeit.

„Lisbeth – Frau Sanini – kommt häufig ins Büro. Das bedeutet wohl, dass die beiden gut miteinander auskommen. Im Übrigen kümmere ich mich nicht um Herrn Saninis Privatleben."

„Immerhin so viel, dass dein Autogramm an seinem Hals steht", stichle ich.

„Das war ein einmaliger Ausrutscher", wiederholt sie kühl. „Sonst würde ich nicht mehr hier arbeiten."

„Du hast von Lisbeth gesprochen", hake ich nach. „Wie gut kennst du sie denn?"

„Ich weiß eigentlich nicht viel von ihr", meint sie ein wenig nachdenklich. „Aber ich glaube, sie ist in Ordnung. Sie muss manchmal warten, wenn ihr Mann gerade Klienten empfängt. Da reden wir dann über dies und das."

„Über *das* auch?", unterbreche ich. „Hat sie einen Geliebten?"

„Einen Geliebten?"

Sie starrt mich an, als gäbe es so was nicht.

„Wie kommst du darauf?"

„Überleg einmal. Entweder ist der Dame etwas zugestoßen oder sie hat das Weite gesucht. Und wenn eine verheiratete Frau, ohne etwas zu sagen, plötzlich verreist, dann tut sie das selten allein."

Sie schüttelt den Lockenkopf.

„Nicht Frau Sanini."

„Warum nicht? Geld findet immer einen Abnehmer."

„Du bist ein Scheusal!"

„Das ist Teil meines Charmes", belehre ich sie. „Und außerdem meine ehrliche Meinung. Oder hast du eine vernünftigere Variante anzubieten?"

Goldmähnchen wird blauäugig im übertragenen Sinn.

„Bist du der Detektiv oder bin ich es?"

„Ich habe ohnehin nicht damit gerechnet", gebe ich zu.

„Besitzt sie eigenes Vermögen?"

Sie lacht halb neidisch und halb herzlich.

„Nicht viel. Außer Fabriken und Grundstücken gehörte ihrem Vater lediglich Geld."

„Gehörte?"

„Ja. Sie war seine einzige Tochter und ist jetzt die einzige Erbin."

Ich ziehe das Foto aus der Tasche.

„Gar nicht so übel, wenn man Eiswürfel mag. Aber ich fange lieber klein an. Wann soll ich dich abholen?"

„Nicht nötig", erwidert sie spitz. „Es reicht, wenn du um acht ins Mogul kommst."

Sie besteht tatsächlich auf dieser Räuberhöhle. Ich starte einen letzten Versuch.

„Was hältst du vom Alten Hof, bist du gar nicht heimatverbunden?"

„Nein. Außerdem habe ich deinen Vorschuss abgezählt. Und wenn er nicht reicht, dann geh doch am Nachmittag noch eine Kleinigkeit verdienen."

Weidwund sehe ich sie an, aber – typisch makelloser Engel – kein Quäntchen Mitleid ist zu entdecken.

„Wie du befiehlst, Prinzessin, so soll es sein. Wir sehen uns."

Zwei Schritte vor dem Ausgang drehe ich mich noch einmal um.

„Du hast nicht zufällig jetzt ein bisschen Zeit? Ich bin nämlich gerade in Sachen FKK unterwegs und Herren ohne Begleitung werden da vielleicht nicht so gern gesehen."

„Raus!", donnert sie. „Sofort raus!"

Ich werfe ihr rasch ein Küsschen zu und mache mich dünn, bevor sie Blitze schleudert.

Mein Käfer steht vor dem Haus zwischen hochmütigen Zwölfzylindern, die Lack und Chrom in Großhandelsmengen mit sich herumschleppen. Mein Wägelchen hätte ein klein wenig davon gut brauchen können. Ja, ich gebe es zu, es sieht ein bisschen blass aus zwischen all den Protzkutschen. Der reich dekorierte Admiral am Eingang weiß, wem er die Schande zu verdanken hat. Er betrachtet mich, als wäre ich das fettige Achselhaar in seiner Lieblingssuppe. Die Beulen in seiner Visage betont er mit dunklem Lidschatten, damit die Hausbewohner sehen, wie gefährlich ihr Hund am Burgtor ist. Draußen knallt eine Autotür. Das wirkt auf Hasso wie eine prominente Zulassungsnummer auf den Verkehrspolypen. Er gibt sich einen Ruck und setzt den unterwürfigen Blick auf. Ein grau melierter Dressman steuert im Schnellschritt in die Halle. Haargenau das gleiche Schnitzholz wie Sanini und eine ähnliche Statur. Dem Gruß des Portiers schenkt er mit Recht nicht mehr Beachtung als dem Geschlechtsakt zweier Läuse im Filz eines Streuners. Im Vorbeigehen wirft er mir allerdings einen gleichgültigen Blick zu, aber nicht gleichgültig genug für ein Hartholz seiner Sorte. Das interessiert mich.

Ich warte, bis er im Lift verschwunden ist, dann ziehe ich

einen Schein aus der Tasche und lasse den General dran
schnuppern.

„Wie wär's, Bruder?", frage ich.

Seiner Miene nach hält er es für eine persönliche Beleidigung,
dass meine Mutter mich ausgetragen hat.

„Hau ab!", knurrt er. „Sonst verbrat ich dich wie nen faulen
Leberkäs."

Im Hintergrund steuert eine goldbehängte Fregatte in einer
toten Nerzfamilie vorüber, obwohl es dafür wirklich zu warm
ist.

„So ne Freude!", rufe ich. „Da sind wir ja zusammen im
gleichen Loch gesessen, Kumpel!"

Das Klimpern hinter uns setzt für zwei Sekunden aus. Der
Admiral wird fahl wie die Sonne im Kohlenland, als die
Schlote noch richtig qualmten. Seine Rollläden rasseln
herunter.

„Was kann ich für Sie tun?", fragt er plötzlich sehr höflich,
aber es klingt, als lutschte er gerade einen Seeigel.

„Wie heißt denn noch der Geldsack mit den Bügelfalten, der
es eben so eilig hatte?"

Die selige Familie Nerz treibt sich nach wie vor in der Halle
rum.

„Das war Herr Sunshine. Von Sanini & Sunshine."

Ich habe so was oben an der noblen Tür gelesen.

„Warum nicht gleich?", meine ich. „So macht man sich
Freunde."

Ich schiebe den gerollten Schein in sein geblähtes Nasenloch.
Er schnupft ihn wie einer aus den besten Kreisen seine
Ladung Koks. Dann verbeugt er sich gründlich. Beinahe
rutscht ihm seine Kugelspritze aus dem Halfter. Ich denke, es
kann nicht schaden, sich das Gesicht zu merken, das er dabei
macht.

„Bis bald, Kumpel", verabschiede ich mich.

Der Garten Eden

Ich steige in meinen Schrotthaufen und befrage das
Smartphone. Der Eden-Club steht im Adressenverzeichnis. Es
ist nicht weit von hier. Der Motor startet beim ersten Versuch,
als ob das selbstverständlich wäre. Im Rückspiegel löst sich
der Admiral in meiner Auspuffwolke und wird kleiner. Die
Sonne brennt auf den Asphalt und scheucht die Autos in den
Schatten, deshalb brauche ich nicht einmal zehn Minuten. In
einer Seitengasse findet sich eine Lücke für mutige Parker.
Oder solche, die nichts mehr zu verlieren haben. Ich quetsche
mich rein und laufe die letzten paar Schritte zu Fuß.
Das Clubgebäude ist drei Stock hoch. Ober dem Portal steht in
schlichten schwarzen Lettern wie ein ewiges Versprechen:
EDEN.
Ein Übersichtsplan neben dem Eingang skizziert die Anlage.
Das gesamte Areal beansprucht mehr Platz als ein
ausgewachsenes Stadtviertel. Mauern und Bäume halten die
Blicke der Voyeure fern. Im Inneren gibt es eine Liegewiese
und einen mittleren Ozean mit Wellenmaschine, Rutschbahn
und künstlichem Wasserfall. Ein diskretes Schild weist darauf
hin, dass dieses Paradies auf Erden nur Mitgliedern offensteht.
Ich denke, dass jedes Paradies so seine Haken hat und hier
bestimmt nur gut betuchte Nackte reinkommen.
Die Fassade glänzt blank und schnörkellos in sattem Kupfer.
Umso weniger aufregend präsentiert sich die Umgebung. Eine
Gegend mit nicht mehr taufrischen Miethäusern, vereinzelten
Geschäften und wenig Betrieb. Das Clubgebäude wirkt in
seiner bescheidenen Nachbarschaft wie der goldene
Schneidezahn im Gebiss der armen Blumenfrau.
Ich steige fünf Stufen hoch und stoße die Glastür auf. In der
weiträumigen Eingangshalle schimmern beige
Keramikfliesen, darauf verstreut stehen Zwergpalmen und
Metall-Leder-Gruppen, die sich beleidigt abwenden, wenn
man Stuhl zu ihnen sagt. Leuchttafeln weisen den Weg zu
Sauna, Massage, Solarium, Kraftkammer und anderen

Folterstätten. Es gibt ein Restaurant für Vegetarier und eines für Normalverbraucher. Damit kein bekehrter Fleischfresser in Versuchung gerät, liegen sie in verschiedenen Flügeln des Gebäudes.

Einige Sessel sind besetzt mit Zeitschriften und Lesern. Den Eintritt zum Club selbst verschließt eine dunkle Glastür gegenüber dem Portal. Dort steht nochmals groß: ‚Nur für Mitglieder‘.

In den Restaurants rechts und links nimmt man auch das Geld gewöhnlicher Sterblicher.

Ich steuere auf die Tür mit der Aufschrift Anmeldung zu. Von Klopfen lese ich nichts, also gehe ich ohne große Umstände hinein. Der Raum ist klein und einfach eingerichtet. Auf einem Schildchen steht das dazu passende Motto: ‚Luxus für die Gäste, nicht für das Personal.‘ Dazu ein Smiley, das so fies grinst, als hätten es die Kreativen in der Wall Street erfunden.

Hinter einem Schreibtisch, der seinen Glanz längst verloren hat, sitzt ein Gnom mit einem Gesicht aus getrocknetem Leder. Er ist damit beschäftigt, Zahlen in einen Rechner zu tippen, und froh über die Unterbrechung.

„Na, so eine Überraschung“, staune ich, „ein Mensch aus Fleisch und Blut anstelle der Wasser spuckenden Bronzestatue mit den vielen Münzen im Brunnen.“

Er grinst bis zu den Flügelohren.

„Leider bin ich nur Charly, das Mädchen für alles. Kann ich Ihnen helfen?“

„Vielleicht“, sage ich. „Ich suche eine Frau. Sie steht in deiner Mitgliederliste.“

Sein Blick rutscht automatisch über den Bildschirm.

„Eine Verwandte?“

„Ich suche sie für ihren Mann, ich bin Privatdetektiv.“

Als er ‚Privatdetektiv‘ hört, fällt ein Schatten über sein Gesicht. Mühsam streift er ihn ab.

Ich angle mir unterdessen eine Zigarette aus der Packung und gebe ihr Feuer. Er liest die Marke.

„Ist wohl Ihr einziger Kunde, was?"

Ich gebe keine Antwort, aber er glaubt, dass er eine bekommen hätte, und grinst gezwungen.

„Nichts für ungut. Wie heißt die Lady denn?"

„Lisbeth Sanini."

Nun scheint er ernsthaft besorgt.

„Die ist nicht irgendein Mitglied", murmelt er. „Von dem, was die hier zahlt, kommt mein Jahresgehalt dreimal herein. Sie sagten, ihr Mann sucht sie?"

„Ich sagte, dass ich sie für ihren Mann suche", bessere ich aus. „War sie letzten Freitag hier?"

Jetzt sitzt da nur noch ein missmutiger, alter Zwerg, der eifersüchtig eine Goldgrube bewacht, auch wenn es nicht die eigene ist. Er greift nach einem Telefon, tippt zwei Ziffern und erkundigt sich bei jemandem. Die Antwort gefällt ihm nicht.

„Ja, sie war da, Willi hat sie gesehen."

„Weiß dein Willi, wann sie wieder rausgegangen ist?"

Für einen Menschen, der schon so lang in seiner Haut steckt, fühlt er sich gar nicht wohl darin.

„Nein. Willi achtet nur darauf, dass die richtigen Leute reingehen. Wann sie den Club verlassen, interessiert ihn nicht, das ist nicht unsere Sache."

Ich denke zwei Sekunden nach.

„Im Klartext heißt das, dass du keinen Schimmer hast, ob Frau Sanini den Club überhaupt verlassen hat."

„Natürlich hat sie ihn verlassen", sagt er erschrocken.

„Warum sollte sie drei Tage hierbleiben?"

„Weiß ich nicht", gebe ich zu. „Nehmen wir an, sie hatte einen Grund. Wo könnte sie stecken?"

Der Zwerg zögert.

„Am ehesten in ihrer Kabine, eigentlich ist es ja eine kleine Wohnung."

„Worauf warten wir noch?", frage ich.

Er starrt mich entsetzt an.

„Sie wollen in die Clubräume? Unmöglich."

„Aber warum denn, mein Kleiner?", setze ich nach. „Ich will doch nur überprüfen, ob sie drin ist oder ich einen Hinweis auf ihren Aufenthalt finde. Ich arbeite ohnehin im Interesse des Eiswürfelchens."

„Sie arbeiten im Interesse Herrn Saninis", betont er. Es klingt feindselig.

„Ist doch beinahe das Gleiche. Schließlich segeln die beiden unter gemeinsamem Trauschein durchs Leben."

Verstockt starrt er an mir vorbei. Mit drei Schritten umrunde ich den Schreibtisch und klappe die abgegriffenste Türe auf. Aus dem Fach hole ich eine halb volle Whiskyflasche und zwei halb saubere Gläser, stelle sie auf die fleckige Tischplatte und schenke ein.

„Vielen Dank", sage ich ehrlich. „Ich war schon nahe am Austrocknen. Wenn wir auch noch auf die Bullen warten müssen, komme ich ohne Treibstoff nicht über die Runden. Prost!"

Der Gnom kleckert Schnaps auf seinen Block.

„Das können Sie nicht tun", schnauft er. „Wenn wir unsere Kunden mit der Polizei belästigen, ist der Ruf des Clubs im Eimer und mein Job dazu."

Ich stelle das Glas beiseite, mache einen lang gezogenen Schluck aus der Flasche und zucke gleichzeitig die Achseln, ohne einen Tropfen zu verschütten. Meine Glanznummer.

„Mir egal, in welcher Begleitung ich ihre Kabine sehe, nur sehen möchte ich sie, und zwar rasch."

„Das ist hundsgemein", klagt er. „Ich komme in Teufels Küche, wenn ich einen Fremden einschmuggle. Unsere Gäste mögen das nicht."

Ich packe den Hörer seiner vorsintflutlichen Telefonanlage.

„Überleg ruhig, in welchem Teufelstopf das Wasser heißer ist – aber nicht länger als eine Minute."

Seine verdorrten Hände verknoten sich, als kämpften sie gegeneinander. Er beobachtet sie, bis er sicher ist, dass es keinen Sieger geben würde.

„Zeigen Sie mir Ihren Ausweis", brummt er schließlich.

Ich schiebe ihm einen selbst getippten hin und er liest so lange, als stünden hier die Antworten auf all seine Probleme. Die Minute ist um. Ich tippe ein paar Ziffern ein. Das bringt ihn zur Besinnung.

„Ich bin einverstanden", sagt er schnell und zieht einen dicken Schlüsselbund aus einer Lade. „Aber verhalten Sie sich um Gottes willen unauffällig."

Wenn es Gottes Wille ist, dass ich nicht jodeln, Schwerter schlucken oder Samba tanzen soll, habe ich nichts dagegen. Sorgfältig verstaut der Kleine Gläser und Flasche und zieht die Tür hinter uns ins Schloss. Dann trippelt er durch die Halle in Richtung Allerheiligstes, ich hinterdrein. Ein großer Kerl in einem schlecht geschnittenen Anzug wächst aus einem der Stühle und tritt uns in den Weg. Einer, der dafür bezahlt wird, Fremden in den Weg zu treten.

„Was 'n los?", nuschelt er, „Sorgen?"

Charlys krumme Schultern sacken zwei Zentimeter tiefer.

„Verschwinde, Bruno. Der Mann ist Detektiv. Er sucht jemanden."

Der Nuschler mustert mich abschätzig.

„Detektiv?", fragt er gedehnt.

„Ja", sage ich. „Schlag mal im Lexikon nach. Lexikon wie Lecksi und so weiter."

Charly windet sich wie ein verdrehter Wollfaden.

„Lass nur, Bruno, ist alles in Ordnung."

Hinter Brunos wulstiger Stirn müht sich ein Teelöffel grauer Brei, zu begreifen, worum es eigentlich geht. Mit dem Ergebnis, dass er Platz macht. Immerhin reicht es zu einem heiseren: „Haha. Schlaumeier."

Ich schnippe ihn mit dem Zeigefinger weg und folge dem Kleinen.

Nach der dunklen Glastür kommen wir in eine zweite, kleinere Halle. Rechts und links führen Treppen hoch. Beide Aufgänge sind mit einem Drehmechanismus ausgestattet, der sie nur in der Gegenrichtung passierbar macht.

„Die Ausgänge", erläutert Charly überflüssigerweise.

Geradeaus läuft ein breiter Teppichstreifen, der direkt ins Freie führt. Ein Mann sitzt dort in einem Glaskasten, der so klein ist, dass der Tierschutz eingegriffen hätte, wenn der Mann ein Huhn gewesen wäre. Der Gnom wendet sich nach links, entriegelt die Sperre und schleust uns auf die andere Seite.

„Hier komm nur ich durch", erläutert er stolz.

Auf die Treppe folgt ein Flur. Boden, Wände und Decke sind schwarz-weiß gekachelt wie der Horizont eines Schachspielers. Mit Goldlettern nummerierte dunkelrote Schleiflacktüren reihen sich im Sechsmeterabstand aneinander.

Ein Pärchen in Bademänteln kommt uns entgegen. Die Frau hat sich nicht die Mühe gemacht, ihren zu schließen. Das locker getürmte rotgoldene Haar und hochhackige Pumps lassen sie den Mann überragen. Sein hageres Gesicht zeigt die Farbe und das Leben einer Lehmmaske. Der Blick aus seinen Augenhöhlen starrt geradeaus in einen langen, dunklen, einsamen Tunnel. Die Offenherzige bleibt stehen und prüft mich mit unverhohlenem Interesse. Zwischen ihren Brüsten und auf den Schenkeln glänzt Schweiß.

Keine Ahnung, wie es kommt, aber meine Fieberkurve schnellt hoch – sinnbildlich. Sie merkt es und streicht den Stoff um ihre Hüften locker noch weiter zur Seite. Und lacht leise.

„Ich steh im Telefonbuch, Schätzchen. Unter Malden, Dr. Malden. Ruf mal an."

Dann dreht sie sich um und stöckelt ihrem Begleiter nach, der die Szene anscheinend gar nicht wahrgenommen hat.

Ich drücke meine Augen an ihren Platz zurück und mache Atemübungen. Charly sieht alt und ängstlich aus, als wolle ihm jemand etwas wegnehmen.

„Wer ist Dr. Malden?", frage ich.

„Der da. Ihr Mann. Ist besser, Sie tun's nicht."

„Was?"

„Sie anrufen."

Missmutig trottet er weiter. Vor Nummer 4 macht er halt. Ich gehe noch die paar Schritte bis zum Ende des Flurs, wo eine Rampe zum Pool führt. Die Leute, die da unten in der Sonne sitzen, sehen aus, als wären sie gekränkt, wenn man ihnen sagte, dass sie einen Schatten werfen wie der ordinärste Pöbel. Charly wartet vor der Tür wie ein vergessener Koffer.

„Ich bin kein Hellseher", sage ich. „Mach auf."

„Ist eigentlich gegen die Vorschriften", murmelt er und zögert wieder. „Aber wenn ihr Mann Sie schickt ..."

Ich reiche ihm mein Handy.

„Wähl ihn an. Ich habe es nicht eilig."

Er fasst es als Drohung auf, öffnet die Tür und zieht mich in ein kleines, feines Luxusnest. Ein glatter, heller Wollteppich bedeckt den Boden. Die Mitte des Raums dominiert eine üppige Liegewiese, zahlreiche Spiegel an Wänden und Decke sorgen für reichlich Tiefe. Was frei bleibt, füllt eine Bar mit eingebautem Kühlschrank, Fernseher und Stereoanlage. Ich lege mich auf das Bett, das weich ist wie ein verschleierter Haremstraum und betrachte aus allen erdenklichen Winkeln einen attraktiven Mann in dezenter Kleidung, der auf einem Bett liegt und geschmeichelt grinst.

„Glauben Sie jetzt, dass niemand hier ist?", fragt Charly unwirsch.

„Niemand?", entgegne ich und hebe den Zeigefinger. „Das solltest du in meiner Gegenwart nie sagen."

Ich lasse den erfreulichen Anblick noch ein bisschen auf mich einwirken, dann reiße ich mich los und trete durch eine schmale Tür in ein piekfeines Badezimmer. Einige Kosmetikartikel liegen herum und Dosen mit Hundefutter, sonst nichts Persönliches. Fenster gibt es auch hier keine. Der Kleine weicht nicht von meiner Seite und beobachtet mich genau. Vielleicht hat er Angst, dass ich am Futter nasche oder einen Lippenstift anknabbere. Wir kehren in das Spiegelzimmer zurück.

„Eine nette, bescheidene Kabine", bemerke ich. „Aber zum An- und Ausziehen braucht man ja nicht mehr."

Charly hebt die mageren Schultern und macht die Geste des Geldzählens.

„Kennst du Frau Sanini gut?", frage ich.

Er schiebt die Worte eine Weile im Mund hin und her, bevor er die richtige Mischung findet.

„Ich glaube nicht, dass sie mich einmal wirklich gesehen hat, wenn Sie verstehen, was ich meine."

Ich weiß, was er meint.

„Geht sie immer alleine fort, wenn sie von hier verschwindet? Hat sie Freunde?"

„Woher soll ich das wissen?"

Seine Mundwinkel wandern nach oben.

„Sie hat jedenfalls Geld genug, um sich welche zu kaufen."

Ich lasse mir das durch den Kopf gehen. Er merkt es und verliert alle Farbe aus der Faltenlandschaft.

„Das hab ich nicht so gemeint", sagt er hastig. Er will noch was anfügen, überlegt es sich aber anders.

Ich frage, ob Herr Sanini auch zum erlauchten Kreis der Clubangehörigen zählt. Der Kleine schüttelt den Kopf.

„Ich kenne ihn gar nicht."

Irgendwas liegt in der Luft, das nicht hierher passt und das ich nicht einordnen kann. Es riecht nach Essen. Ich sage es Charly und öffne den Eisschrank, aber da liegen nur Flaschen. Er schnuppert geräuschvoll.

„Ist mir auch schon aufgefallen. Muss an der Lüftung liegen. Unten ist die Küche vom Restaurant."

„Keine Beschwerden deshalb?", wundere ich mich.

Er wunderte sich selbst.

„Nein."

Ich sehe mich nochmals um. Kein Staubkorn, alles frisch wie junger Schnee. Eiswürfelchen war kaum selbst schuld daran.

„Wer reinigt denn das Nest?", erkundige ich mich.

„Die Putzfrau", erwidert Charly erstaunt. „Was haben Sie gedacht?"

„Genau das, mein Kleiner", sage ich. „Ist sie hier?"

Er schüttelt wieder den Kopf, als ob es ihm Freude machte.

„Nur abends. Und wenn sie was von Frau Sanini wüsste, hätte sie es mir gesagt. Die sagt alles."

Der Gedanke daran entlockt ihm ein Kichern.

„Hat sie eine Telefonnummer?", will ich wissen.

„Ich hab sie im Büro."

Ich vermache den Spiegeln mein Abschiedsbild und folge dem Kleinen auf den Gang. Die Hoffnung, mich bald loszuwerden, verjüngt ihn glatt um zehn Jahre. Als er die Tür absperrt, blitzt ein fingerdicker Lichtstrahl von seinem Schlüsselbund direkt in mein linkes Auge. Das erinnert mich an Sunshine – Saninis Partner, das Hartholz aus der Halle des Admirals. Partner kennen einander gewöhnlich ganz gut.

„War Sunshine freitags hier?"

Er klinkt den Schlüsselbund an seinen Gürtel.

„Möglich. Er ist oft im Club. Kennen Sie ihn etwa auch?"

„Flüchtig", gebe ich zu.

„Wenn Sie Wert darauf legen, kann ich Willi fragen. Das ist der hinter Glas."

Ich sage, dass ich Wert darauf lege.

Wir verlassen den Kabinentrakt und gehen zu dem Kasten, in dem Willi sitzt. Willis Gesicht besteht aus einem mickrigen Schädel und viel Haut. Als er Charly sieht, grinst er. Das Grinsen wirkt so fröhlich wie die Mienen der Eltern, die gerade ihr Lieblingskind begraben.

„Der hat den falschen Beruf", überlege ich laut. „Wieso hat er es nicht bei der Bestattung versucht?"

„Hat er", sagt Charly. „Er wurde entlassen. Die Kunden fanden ihn zu traurig."

Charly steckt den Kopf in das Glashäuschen und redet. Ich schlendere ein Stück weiter und genieße die Aussicht auf den englischen Rasen. Er ist wundervoll. Viel zu schön, um darauf herumzulaufen. Ich konzentriere mich auf ein junges, dralles Mädchen, das sich inmitten der Pracht auf einer Liege streckt und die Sonne anbetet mit allem, was sie hat.

Leider dauert mein Studium nur eine knappe Minute. Aus der Richtung des Ozeanpools nähert sich ein älteres Paar. Beide sind noch recht gut in Form und so braun gebrannt, dass kein Zweifel über ihre Hauptbeschäftigung besteht. Sie gehen zur Sonnenbraut und wechseln ein paar Worte mit ihr. Gähnend reckt sich das Mädchen wie eine Löwin vor der unvermeidlichen Jagd, steht auf und folgt dem Paar um eine Ecke des Gebäudes.

„Wahrscheinlich spielen sie jetzt eine Partie Rummy", denke ich enttäuscht, „und dann knobeln sie um das Glas Milch, das sie dazu trinken."

Charly zupft an meinem Ärmel und tut aufgeregt.

„Willi sagt, er hat Herrn Sunshine am Freitag gesehen."

Ich nicke dem Aufpasser zu und kämpfe mit den Tränen, als er mich anlächelt. Vielleicht bringt es was, wenn ich einmal mit Saninis Partner rede. Später, nach dem Mittagessen.

Auf dem Weg zu seinem Büro schielt Charly ständig über die Schulter, ob ich wohl nachkomme. Bruno übersieht mich angestrengt und widmet seine Aufmerksamkeit einem rot gelockten Teenager, dem eine ungetrübte Aussprache nichts bedeutet, wenn nur die Muskeln im Anzug stimmen. Eine friedliche Stätte der Begegnung. Genau richtig für eine Frau, die viel allein ist.

Mein Gnom kramt eilfertig die Nummer der Putzdame aus seinem Schreibtisch und gibt sie mir. Er hätte mir sonst was gegeben, wenn ich nur endlich gehe und ihn friedlich seinen Posten hüten lasse.

Ich tue ihm den Gefallen. Kurz nach elf stehe ich wieder auf der Straße. Den Zettel mit der Nummer halte ich noch in der Hand. Es würde nicht schaden, wenn ich es bald bei der Parkettpflegerin versuche.

Falls jemand auf die Idee kommen sollte, ich hätte das gleich von Charlys Büro aus erledigen können, will ich mich dazu nicht weiter äußern. Nur so viel: Der Kleine war für meinen Geschmack einfach zu nervös. Ich wechsle die Straßenseite und quetsche mich in meinen Käfer. Dort wähle ich die Nummer der Putze und muss lange warten. Ein Mann mit erschöpfter Stimme meldet sich.

„Ja?"

„Auch ja. Ist Ihre Frau in der Nähe?"

Er stöhnt auf.

„Ja, Mann. Die ist in der Nähe, und wie."

„Dann seien Sie nett und lassen Sie sie mal ran. Ich möchte ihr ein paar Fragen stellen."

Es dauert eine Weile, bis das bei ihm durchdringt, aber dann hat sein Tonfall was von der gelösten Heiterkeit einer Heiligen Jungfrau, der eben wieder mal ein Apostel über den Weg gelaufen ist.

„Sie wollen mit Dora sprechen? Wirklich? Mann, Sie sind ein wahrer Freund! Ich geb Sie Ihnen gleich. Warten Sie, nicht auflegen. Hoffentlich haben Sie Zeit, Mann. Viel Zeit."

Dann fallen einige Worte im Hintergrund und gleich darauf flutet eine durchtrainierte Stimme gegen mein Ohr. Sie sagt, dass sie es furchtbar nett finde, dass ich endlich anrufe, und vertraut mir dann in einem einzigen Satz alles an über ihr hartes Leben, den Unverstand ihres Mannes, die Unverschämtheit der Nachbarn und was sie von Politik hält und von Politikern und von Menschen im Allgemeinen und dem Apotheker um die Ecke im Besonderen. Nicht viel, kurz zusammengefasst. Die Frau ist ein medizinisches Wunder. Sie braucht keine Luft zum Reden. Fünf Minuten lang versuche ich irgendwo einzuhaken, dann male ich mir nur noch aus, dass ich dabei zusehe, wie ein Fachmann sie seziert, um der Sache auf den Grund zu gehen.

Ich fürchte schon, die Nacht im Auto zu verbringen, da knurrt mein Magen. Ein richtig gefährliches Knurren. Das irritiert sie für einen Augenblick. Blitzschnell nütze ich die Lücke.

„Polizei, Gnädigste. Sie müssen mir einige Fragen gestatten."

„Oh", haucht sie genießerisch. „Worum geht es denn?"

„Sie arbeiten doch im Eden-Club?", gebe ich indirekt Antwort. Sie schnurrt vor Zufriedenheit.

„Also aus dieser Ecke piepst das Vögelchen. Ja, ich arbeite im Club."

„Dann kennen Sie bestimmt viele Clubmitglieder persönlich?", frage ich weiter.

„Die meisten", erklärt sie stolz. „Obwohl welche dabei sind, die sich eher die Zunge abbeißen würden, als das zuzugeben. Aber sie sind alle höflich zu mir. Ich erfahre schließlich manches bei meiner Tätigkeit."

Sie kichert in sich hinein.

„Die feinen Leute sind gar nicht so ohne, das kann ich Ihnen verraten."

„Nicht heute, Gnädigste", unterbreche ich, bevor sie mir mit Sodom und Gomorrha kommt. „Ich brauche nur eine Auskunft über Frau Sanini."

Sie zieht die Luft ein.

„Frau Sanini kenne ich sehr gut. Was wollen Sie denn wissen?"

„Nur eine Kleinigkeit", sage ich. „Haben Sie letzten Freitag mit ihr gesprochen?"

„Nein", erwidert sie prompt. „Aber am Donnerstag."

„Worüber haben Sie geredet?"

„Nur über den Hund", meint sie bedauernd. „Weil ich immer solche Schwierigkeiten habe, seine Haare vom Teppich zu bekommen."

„Sie hat keine Andeutungen gemacht? Ob sie Pläne fürs Wochenende hatte oder so was Ähnliches?"

„Nein, das nicht. Aber wenn Sie mir sagen, worum es geht, fallen mir vielleicht Einzelheiten ein."

Gar nicht ungeschickt, die Gute. Allerdings bin ich sicher, dass Eiswürfelchen nicht der Typ ist, der diesem fleischgewordenen Lauffeuer irgendetwas von Bedeutung erzählt. Wahrscheinlich platzt Miss Fliese vor Neugier, wenn ich ihr nichts sage, und diese Chance bin ich ihrem Angetrauten schuldig.

„Tut mir leid", sage ich deshalb kühl. „Aber unsere Ermittlungen verlangen ein Höchstmaß an Diskretion, das verstehen Sie doch? Besten Dank jedenfalls und geben Sie mir noch mal Ihren Gatten."

„Ja, natürlich", schluchzt sie. „Einen Moment."

Wenn ich Appetit auf schlechtes Gewissen gehabt hätte, hätte ich es jetzt bekommen können. Die erschöpfte Stimme klingt wieder durch den Lautsprecher.

„Lange hat es leider nicht gedauert, Mann, aber ich bin Ihnen trotzdem dankbar. Jede Minute zählt. Was gibt es denn noch?"

„Nur ein Rat unter Freunden", antworte ich. „Versuchen Sie es doch mal mit Ohrenschützern."

Er lacht freudlos.

„Sie machen Witze, Mann. Davon zerquasselt sie mir zwei Paar die Woche. Noch was Originelles auf Lager?"

„Ihnen kann was Originelles auch nicht helfen", stelle ich fest.

„Machen Sie eine Pilgerfahrt."

„Blödsinn", knurrt er. „Ich bin längst Atheist."

„Machen Sie eine, von der Sie nicht zurückkehren."

„Wo denken Sie hin, Mann? Dann würde ich mein Mäuschen ja nicht wiedersehen."

Damit legt er auf.

Ich grinse mein schönstes Junggesellengrinsen und starte den Käfer.

Das Extrazimmer qualmt

Der Silberpenny ist eine kleine, verräucherte Kneipe, wo man gut und ausgiebig essen kann. Das Hauptquartier der Polizei liegt weniger als fünf Gehminuten entfernt, deshalb darf man sicher sein, zu jeder Tages- und Nachtzeit hier mindestens ein Dutzend Polypen anzutreffen. Die Beamten der motorisierten Streifen bringen im Penny nämlich regelmäßig ihren Alkoholspiegel auf Vordermann, ehe sie beduselten Mitbürgern die Führerscheine abnehmen.

Ich drücke mich in eine stille Ecke und bestelle ein Glas Bier und die Tageskarte. Während ich warte, löst sich ein riesiger Schatten von der Theke und kommt zu meinem Tisch.

„Bist du blind geworden, Karierter", dröhnt der Schatten, „oder kennst du deinen liebsten Bekannten nicht mehr?"

Es ist Carlo Butta, ein Kriminalkommissar, dessen Aufgabenbereich sich vom Rauschgifthandel bis zum Mord erstreckt. Seine Klamotten muss er beim Schneider anfertigen lassen, denn Zweimeterriesen beliefert die Stange nicht. Von allen Polypen komme ich mit ihm am besten aus. Was nicht allzu viel heißt. Unaufgefordert setzt er sich zu mir.

„Bestell für mich gleich mit. Ich habe Hunger und keine Lust, diese unverschämten Preise zu zahlen."

„Ich weiß", brumme ich, „ihr Plattfüße verdient ja kaum genug zum Leben."

Ich ordere zweimal Nummer drei von der Tageskarte und stifte ihm ein Glas. Butta mag Privatdetektive so wenig wie die andern Bullen, aber bei mir macht er manchmal eine Ausnahme. Als Gegenleistung muss ich ab und zu herhalten, wenn er einen braucht, dem er sein gekränktes Polypenherz ausschütten kann, ohne dass es gleich die Runde unter den Kollegen macht. Seiner Schilderung nach ist das Präsidium nichts als ein großer Sauhaufen, in dem alle nur den einen Wunsch kennen, Präsident zu werden, und deshalb ihm, dem einzig wirklich Geeigneten, den Weg nach oben versperren. Weil ich immer brav den Mund halte und Mitgefühl heuchle,

schickt er mir hin und wieder einen Klienten, der dann seine
Rechnung nicht bezahlt.

Wir unterhalten uns, trinken ein paar Gläser und bestellen
noch ein paar.

Eine Kleinigkeit von der Sorte, an die man sich bei Bedarf nie
erinnern kann, spuckt dabei in meinem Hinterkopf herum und
ärgert mich. Später will ich mit Saninis Partner und dem
Mädchen seiner Frau reden. Wenn das nichts bringt, würde
ich mit dem Foto in der Hand die Hotels abklappern. Ein
Eiswürfel mit einem Pudel an der Leine verschwindet ja nicht
spurlos, nicht einmal in dieser Stadt.

Stimmt nicht, denke ich. Eis schmilzt, wenn es in warme
Hände kommt, und es gibt genügend Typen, die sich die
Hände reiben beim Anblick von Geld, und die Hände werden
ganz schön warm dabei.

Unser Essen kommt und wir machen uns über die falschen
Steaks mit Kartoffeln her und reden den Brei selbst dazu.
Mittendrin fällt mir Charly ein und Bruno, die Offenherzige
und ihr seltsamer Mann. Ich glaube nicht, dass ich eine
konkrete Vermutung dabei hege, aber ich frage Butta nach
dem Club.

Er spitzt die Ohren und vergisst aufs Kauen.

„Du hast mit dem Eden-Club zu tun?"

„Ich war heute das erste Mal dort", sage ich. „Beruflich.
Hübsche Aussichten haben sie – und vor allem einen
herrlichen Rasen. Steckt sonst noch was im Busch?"

„Weiß ich nicht so genau", brummt er. „Ich weiß nur, dass
Franky Astro als Eigentümer eingetragen ist."

Ich mache ihm die Freude und pfeife laut.

„Allerdings", bestätigt Butta. „Das stinkt gewaltig nach Kassa
Netto."

Wie Kassa Netto wirklich heißt, wusste wahrscheinlich nur
das Rudel Wölfe, das ihn gezeugt und wegen Bissigkeit
verstoßen hatte. Er war eines Tages aus einem Land, das
keiner kannte, eingewandert. In der neuen Heimat verwendete
er anfangs nur die Worte „Kassa Netto", daher sein

Spitzname. Ursprünglich reiste er in bewaffneten Raubüberfällen. Aus der Zeit stammten auch seine Kuraufenthalte auf Staatskosten. Aber dann setzte sich sein Talent zur Menschenführung durch. Keiner vermochte abzuschätzen, wie viele Kerle er mit einem Betonsockel an den Füßen in die umliegenden Seen geführt hatte. Mittlerweile ist er ein geachteter Bürger unter all den anderen, die sich vor allem selbst achten im Schatten des Gesetzes. Er betrieb jedes Geschäft, das einträglich und verboten war, und zwar mit dem geringstmöglichen Risiko.

In meinem Hinterkopf bohrt unablässig die verschwommene Einzelheit weiter, die mit alldem nichts zu tun hat. Sie ist von der wirklich lästigen Art, die man ums Verrecken nicht erwischt, wenn man es erzwingen will und die dann ohne Grund plötzlich glasklar im Gedächtnis auftaucht. Manchmal. Ich schnuppere zufrieden den Duft des angeschmorten Hacksteaks, als es so weit ist und der Schleier reißt. Es riecht ganz ähnlich wie in Eiswürfelchens kleiner Luxusbleibe!

„Muss an der Lüftung liegen. Unten ist die Küche", hatte der Gnom gesagt.

Heiliger Aperitif! Ich könnte schwören, dass in jenem Flügel des Clubs lediglich das vegetarische Restaurant auf seine masochistische Kundschaft wartet. Und gedünstetes Gemüse verbreitet andere Gerüche!

Butta ist kein Polyp von der Sorte, die ihrer Schwester schreibt: „Bei uns ist Sonntag, was ist bei euch?"

Er hört das Klingeln in meinem Hirn und ist plötzlich aufmerksam wie eine jagende Katze.

„Wenn dich der Club interessiert", sage ich, „können wir uns dort ja mal umsehen."

Seine Augen werden verträumt.

„Wenn es sich lohnt, Karierter, warum nicht?"

Ich setze das Glas an und ziehe die Spülung. Dann zahle ich und wir fahren schnurstracks zum Club. Die Halle ist beinahe leer. Die Leute sitzen beim Essen. Bruno, der nuschelnde Gorilla, sieht gerade in unsere Richtung, als wir durch die

Flügeltür treten. Das ist sein erster Fehler. Er kennt Butta nicht. Das ist sein zweiter. Sein dritter ist, dass er sich verpflichtet fühlt, etwas gegen lästiges Ungeziefer wie mich zu unternehmen. In Summe kein guter Tag für ihn.

„Hi Bruno", sage ich, als er sich vor uns aufbaut. „Lies doch lieber unsere Spur nach hinten. Dort steht ein hübsches Schluckhaus ohne Ärger. Viel weniger Ärger, als du hier bekommen wirst."

Er will oder kann nicht lesen und auf meinen gut gemeinten Rat hin zuckt lediglich seine Rechte unter dem gebauschten Jackettaufschlag. Große starke Polypen hassen so was wie die Pest. Oder wie Anwälte, die beim Verhör dabei sein wollen, damit ihr Mandant nicht alle Verbrechen seit Christi Geburt gesteht. Buttas Faust schießt nach vorne, umfasst Brunos voreiliges Handgelenk und beginnt daran zu drehen. Er erinnert an den unvorsichtigen Besitzer einer antiken Uhr, der nicht eher mit dem Aufziehen aufhört, bis die Feder bricht. Die Uhr, oder vielmehr Bruno, singt eine Arie, die abrupt endet, weil ich ihm aus Mitleid eine auf die Nase gebe. Butta setzt ihn in einen Sessel und biegt die Stahlrohrlehnen zusammen. Einige Leute, die in der Halle rumstehen, sehen uns mit weit aufgerissenen Augen an, aber keiner macht einen Mucks. Trotzdem spart mir das kurze Vergnügen einen Weg. Charly hat etwas gehört, stürzt aus seinem Verschlag und umkreist uns wie ein wütender Spatz.

„Was ist los?", zwitschert er. „Verschwindet, oder ich hol die Polizei!"

Angewidert greift sich Butta das Kerlchen und hält ihm seine Marke unter die Nase. Die Lederbespannung des Kleinen wird grün. Er sieht aus, als hätte er eine Doppelportion Fliegenpilze schlecht verdaut. An seinem Gürtel baumelt noch immer der große Schlüsselbund.

„Bring uns zu ihrer Kabine", sage ich freundlich.

Butta setzt den Gnom auf den Boden, wo er schwankend stehen bleibt wie eine Kartoffel aus dem Vorjahr auf drei Zahnstochern.

„Hörst du schlecht?", knurrt mein Bulle grimmig. „Oder bist du nicht einverstanden?"

Charly ist einverstanden.

Wir nehmen den gleichen Weg wie vor zwei Stunden, die Stiege links hinauf und durch den Schachbrettgang. Schon auf dem Flur weiß ich, dass die Spur heiß ist, ich weiß nur noch nicht, wie heiß. Die Abstände zwischen den Türen sind deutlich größer als Eiswürfelchens Nest samt Bad. Irgendwas hat mir der Gnom vorenthalten. Im Appartement sticht mir gleich wieder der eigenartige Geruch in die Nase. Butta beobachtet mich neugierig, als ich an den Wänden herumschnüffle. Am Rand eines Spiegels riecht es viel intensiver als anderswo.

„Mach auf", sage ich zu Charly.

Der weiß, wie viel die Uhr geschlagen hat. Sanft drückt er mit dem Fuß gegen die Bodenleiste. Der Spiegel gleitet mit einem Teil der Wand nach innen und rollt lautlos seitlich weg. Beißender Gestank und Hundegebell quellen aus der neuen Öffnung, Butta schiebt Charly über die Schwelle, ich folge ihnen. Die Züge des Gnoms verfallen zeitlupenartig und sogar Buttas kräftige Bullenfarbe weicht einer leichentuchähnlichen Blässe. In meinem Magen beginnen die Hacksteaks zu tanzen und die geschwenkten Kartoffeln fahren Karussell.

Das versteckte Zimmer ist nicht groß, aber sehr unkonventionell ausgestattet. Der alte Marquis de Sade hätte sich hier bestimmt wie zu Hause gefühlt. An den Wänden hängt eine reiche Kollektion von Fesseln, Peitschen und Ruten, wie sie ein Supermarkt im dekadenten, alten Rom nicht kompletter hätte anbieten können. Dazu gibt es Gebrauchsanweisungen in Gestalt von großformatigen Fotos. Hier muss das antike Rom passen. Ein schwarzer Pudel, dessen Leine um einen Haken gewunden ist, bellt wie verrückt. Ich zweifle nicht daran, dass er auf den Namen Funny hört. Die Umgebung behagt ihm gar nicht, obwohl eine Schüssel mit Trockenfutter und eine mit Wasser in seiner

Reichweite stehen. Soviel ich sehe, hat er sich kaum davon bedient.

Butta und der Gnom beachten ihn nicht, sie starren in die entgegengesetzte Richtung. Dort befindet sich knapp neben einem Lüftungsgitter ein Solarium. Die Lüftung läuft auf Hochtouren, aber das macht die Luft im Raum nur wenig erträglicher. Ich gehe hin und drehe die künstliche Sonne ab. Es ist eine Geste – dem verkohlten Braten, der darunter liegt, hilft sie nicht mehr. Er trägt einen goldenen Ehering und eine dreireihige Perlenkette. Ein blaues Kleid liegt auf dem Boden. Es scheint ganz so, als hätte ich meinen Auftrag erfüllt.

Langsam gewinnt auch Butta seine Beherrschung wieder. „Nichts anfassen!", zischt er aus dem Hintergrund. „Rührt euch nicht von der Stelle!"

Dann zückt er sein Handy und bellt hinein. Kurz und bündig. Keiner soll mir erzählen, Polypen seien schwer von Begriff, nur weil sie so aussehen als ob. Binnen zehn Minuten surrt der Bau wie ein Bienenstock vorm Schwärmen. Der Pudel wird verhaftet und weggebracht und Charly erhält ein ausbruchsicheres Armband, aber ihm ist alles recht, wenn er nur seiner guten Kundin nicht mehr ins Gesicht sehen muss. In das, was davon übrig ist. Ein aufgeregter Arzt bemüht sich überflüssigerweise um die Leiche und ich setze mich mit einem weiteren Bullen und seinem großen Notizblock ins vordere Zimmer, um zu erklären, wie und warum es mich hierher verschlagen hat. Butta horcht kurz mit, dann überlässt er mich dem Beamten. Einem von denen, die ihre Schwester im Brief nicht nur nach dem Datum, sondern auch nach der Uhrzeit fragen.

Nochmals: Niemand soll mir erzählen, Polypen seien schwer von Begriff. Ich muss meine Geschichte, begonnen bei Saninis Anruf heute Morgen, kaum öfter als viermal herunterleiern, schon begreift er sie. Aber dann hakt sein auf Verdacht geschultes Denkfragment ein. Eine Frau suchen – gut. Das tut er, seit ihn seine Mutter im Wald verloren hatte. Aber eine tote Frau suchen?

„Ich hab keine tote Frau gesucht", wiederhole ich zum
hundertsten Mal. Er mustert mich immer ungläubiger.
„Sie bestreiten doch nicht, dass sie tot ist?"
„Doch", sage ich verzweifelt. „Geh in den Nebenraum. Sie
spielt gerade mit dem Doktor ‚Ärztlein, deck mich'."
Eine Viertelstunde später, immer noch beim gleichen Thema,
rettet mich Butta. Der Beamte springt auf und flüstert über
drei Meter: „Der Mann ist verdächtig, Kommissar. Er
widerspricht mir und, ganz im Vertrauen …"
Dabei schneidet er Gesichter und fuchtelt mit dem Zeigefinger
vor seiner Stirn herum.
„Ich glaube, er hat sie nicht alle!"
Butta lächelt mich kalt an und wendet sich an den Fuchtler.
„Ich hatte gehofft, Sie erzählten mir was Neues. Und nun
machen Sie mal die Atmosphäre dünner."
Sein Mann sieht ihn Vertrauen heischend an, wie ein Hund,
dem sein Herrchen die Relativitätstheorie erklärt und der nicht
sicher ist, ob er sie auch versteht.
„Raus!", übersetzt Butta. „Lassen Sie uns allein."
Nun gehorcht er zögernd, bedenkt mich mit einem finsteren
Blick und zieht die Tür von außen ins Schloss. Butta setzt sich
aufs Bett und zündet eine dicke schwarze Zigarre an, um den
Gestank, der noch immer im Raum hängt, zu überlagern.
„Gibt es für dich noch etwas auszusagen?"
„Nein", knurre ich, „aber wenn du einen Täter brauchst, lass
es den Typen weiter versuchen. Lebenslänglich wäre mir
gerade recht als Erholung."
„Das ist unsere Taktik", grinst er. „Wir müssen ja die Zellen
füllen. Immerhin geht es um den Schutz der Bevölkerung vor
wahnsinnigen Meuchelmördern."
„Du denkst an einen Irren?", erkundige ich mich.
„Vielleicht. Allerdings steckt viel Überlegung hinter der
Methode. Es wird nicht einfach sein, den genauen
Todeszeitpunkt festzustellen. Sicher ist bis jetzt nur, dass sie
nicht freiwillig dort liegt. Dann hätte sie sich nämlich auch
selbst den Hals umdrehen müssen."

Er überfliegt das gekritzelte Protokoll meiner Aussage.

„Ich hab auch noch andere Zweifel. Franky Astro ist nicht auffindbar. Sonst ist er um diese Zeit immer im Club, nur heute nicht. Zumindest ein seltsamer Zufall. Ich habe einen Wagen losgeschickt, um Kassa Netto herzuholen. Es wäre schon mehr als Zufall, wenn auch er sich in Luft aufgelöst hätte."

Mit gerunzelter Stirn pafft er schweigend dunkle Wolken. Nach einer Weile sieht er mich an.

„Dein Auftrag ist erledigt, Karierter. Für dich gibt es bei der Sache nichts mehr zu tun. Geh, wenn du willst."

Es klingt ganz wie eine Aufforderung. Ich stehe auf. An der Tür hält mich seine Stimme zurück.

„Warte noch einen Moment. Falls du Lust hast, bleib hier, bis ich mir Netto vorgenommen habe. Dann fahre ich nämlich zu Sanini."

Es klingt wieder wie eine Aufforderung,

„Von mir aus", sage ich. „Ich habe es nicht eilig, die Freudenbotschaft zu überbringen."

„Das ist der Punkt", bemerkt er ungerührt. „Mich interessiert es nämlich auch, wie's dein Auftraggeber aufnimmt. Vielleicht ist er gar nicht so entsetzt, wie ein besorgter Ehemann es sein sollte."

„Er ist nicht einmal Mitglied im Club", gebe ich zu bedenken. „Fremde kommen hier nicht leicht rein."

„Das stimmt", gesteht Butta ein. „Andrerseits verstehe ich nicht, wieso Astro oder Netto gerade ihr eigenes Nest mit einer gebratenen Leiche verzieren sollten. Und dir machen die paar Minuten ja nichts aus."

Denkt der. Aber Bullen im Einsatz soll man nicht reizen, außer man hat gerade Lust dazu. Ich habe keine, setze mich wieder, sehe zu, wie alle möglichen Spezialisten ein und aus gehen und füttere mich mit Zigaretten gegen den schlechten Geschmack im Mund. Abwechslung bringen die Papierbögen, die Butta von Zeit zu Zeit erhält und aufmerksam liest. Leider zeigt er sie mir nicht, deshalb ist es keine gelungene

Abwechslung. Es dauert ungefähr eine Stunde, dann klopft jemand. Gleich darauf steckt ein uniformiertes Dickerchen seinen roten Kürbis zur Tür herein. Ich habe es noch nie gesehen. Es muss Schweinchen Blau sein. Es zwinkert fröhlich mit wässrigen Augen und wiederholt ständig eine seltsame rollende Bewegung mit den Schultern, die sich durch den ganzen Körper fortpflanzt.

„Kommissar", quiekt es vergnügt. „Er ist draußen."

Kann sein, dass der Junge auch einen Handstand im Programm hat, aber Butta will davon nichts wissen.

„Wirklich nett von ihm", säuselt er. „Ganz reizend."

Das Dickerchen nickt begeistert und Butta wird schlagartig dunkelrot.

„Wer zum Teufel ist draußen?", brüllt er.

Schweinchen Blau bekommt eine blasse Nase und salutiert.

„Kassa Netto, Kommissar."

„Schick ihn rein, aber bleib du um Gottes willen, wo der Pfeffer wächst", seufzt Butta.

„Wo der Pfeffer wächst, jawohl!", belfert der Dicke und rollt zurück vor die Tür. Sekunden später tritt Kassa Netto in den Raum und mustert uns mit ausdruckslosem Blick. Vor dem Bett bleibt er stehen. Butta hebt die Füße vom Hocker und setzt sich zurecht.

„Tag Kassa. Wie geht es dir denn so in der Rolle des ehrenhaften Geschäftsmanns?"

Netto macht sich nicht die Mühe, seine schmalen Lippen zu verziehen.

„Was wollen Sie von mir?", fragt er.

Seine dunklen Haare glänzen wie Nussöl und sind bestimmt nicht weniger fett. Er trägt einen schlichten grauen Maßanzug und bei jeder Bewegung seiner rechten Hand blitzt ein Diamant in der Größe eines Kieselsteins.

„Der Laden gehört dir", stellt Butta fest. Netto steckt sich gelangweilt eine Filterlose an.

„Ich bin mit einer Handvoll Geld dabei. Mit der Geschäftsführung habe ich nichts zu tun. Wenn Sie darüber was erfahren wollen – warum wenden Sie sich nicht an Franky Astro?"

„Würden wir glatt. Leider ist er verschwunden", erwidert Butta. Ganz kurz streift ein Schatten Nettos Pokerface, aber das ist das einzige Anzeichen von Interesse, das er verrät.

„Franky ist ein erwachsener Mann. Er muss nicht jede Stunde melden, wo er steckt. Im Übrigen weiß ich noch immer nicht, was Sie von mir wollen."

Seine gelben Augen wandern zu mir und tun, als ob sie mich jetzt zum ersten Mal bemerkten.

„Wenn ich fragen darf: Was macht der Papagei hier?"

„Fragen darfst du", werfe ich rasch ein. „Mehr nicht."

Nettos Wangen laufen rosa an. Ärgerlich wendet er sich wieder dem Bullen zu.

„Also", zischt er, „Ich hab wenig Zeit."

„Vielleicht mehr als du denkst", sagt Butta unbewegt. „Im Nebenzimmer liegt eine Tote."

Ich erkenne keine Überraschung bei Netto. Aber wie soll eine Tote einen Mann überraschen, der selbst schon einen ganzen Friedhof gefüllt hat? Er hebt auch nur fragend die Augenbrauen.

„Ein Unfall? Stinkt es deshalb so?"

Butta lächelt dünn wie eine gebrauchte Serviette und lässt nichts von diesem Lächeln in seine Augen.

„Komischer Unfall", bemerkt er. „Da kommt eine Frau, ein Mitglied dieses Clubs, in ihr perverses Stübchen, dreht sich den Hals um, versorgt ihren Hund mit Futter und Wasser, schaltet die Lüftung auf Hochtouren, macht die Schutzvorrichtung des Solariums unbrauchbar und dann zieht sie sich aus und lässt sich von der Höhensonne grillen. Wie gefällt dir dieser Unfall?"

Der Gangster ist so beeindruckt wie ein alter Walfisch von einer minderjährigen Sardine.

„Klingt eher nach Mord, wenn es so war, wie Sie sagen", meint er. „Aber was immer Sie denken, ich habe damit nichts zu tun. Wie heißt denn die Frau?"

Butta überlegt einen Moment, wie er seine Karten ausspielen soll, und gelangt zum Ergebnis, dass es nicht darauf ankommt.

„Nach einem Foto können wir sie nicht mehr identifizieren, aber es spricht viel dafür, dass sie zu Lebzeiten Lisbeth Sanini war."

Netto hat sich vorhin betont uninteressiert gezeigt. Jetzt habe ich den Eindruck, dass er sein Desinteresse nur mühsam aufrechterhält. Sogar Butta fällt das auf.

„Kennst du sie?", fragt er.

Kassa Netto tötet sorgsam seine Zigarette ab, bevor er antwortet.

„Ich habe ein paar Worte mit ihr gewechselt. Zwei- oder dreimal."

Seine Augen werden wieder leer.

„Wenn es das war, was Sie von mir wollten, dann kann ich ja gehen."

„Wenn ich mit dir fertig bin, geh meinetwegen zum Teufel", erwidert Butta ungerührt. „Aber erst, wenn ich mit dir fertig bin. Sieh sie dir mal an. Vielleicht fällt dir dann doch was ein."

Er steht auf und geht mit Netto in den Nebenraum. Ich folge ihnen. Der Arzt hat an der verkohlten Leiche ein bisschen herumgeschnippelt. Sie sieht deshalb nicht besser aus für schwache Nerven. Nettos Nerven sind in Ordnung. Er betrachtet sie eine Weile und dann die Einrichtung.

„Ich sehe sie und dieses Zimmer zum ersten Mal im Leben", bemerkt er schließlich gleichgültig. „Mehr kann ich dazu nicht sagen."

„Von den Spielzimmern in den anderen Kabinen weißt du wohl auch nichts? Und du bist sicher überrascht, dass wir einige Päckchen Heroin und Koks gefunden haben?"

Ich bin nicht überrascht. Netto zeigt keine Regung.

„Mir ist das alles unerklärlich. Halten Sie sich an Astro."

„Wie du meinst", sagt Butta. „Trotzdem wirst du einiges zu erklären haben, etwa wo Franky steckt. Oder wo du dich seit Donnerstag aufgehalten hast."

Er macht eine Pause und füllt sie mit bleckenden Zähnen.

„Im Präsidium kannst du uns das alles sagen."

Einen Moment flammt heiße Wut in Kassa Nettos Augen. Dass Butta ihm, wenn es irgendwie geht, einen Mord anhängen will, stört ihn dabei nicht am meisten – Alibis sind billig. Aber dass andere über seine Zeit verfügen, hasst er. Dennoch bewahrt er die Beherrschung, die Butta so gern aufbrechen will.

„Wie Sie wünschen", sagt er eisig. „Obwohl ich nicht verstehe, wozu das gut sein soll."

Ich lege ein Schäufelchen nach und tätschle liebevoll seine Wange.

„Mach dir nichts draus, Öliger", spende ich Trost. „So einer wie du begreift es ja nie."

Das ist zu viel für ihn. Er versucht, mich zu treten, und fährt mit dem Fuß in die Luft. Ich gebe ihm eine Ohrfeige rechts und gleich noch eine links, damit er stehen bleibt. Butta grinst freudig.

„Das genügt. Du bist verhaftet, Netto. Wegen tätlichen Widerstands."

Der Gauner weiß gar nicht mehr, wie es sich so anfühlt, wenn die Handschellen hinter dem eigenen Rücken zuschnappen. Er flucht, dass die Kindergärtnerinnen in der ganzen Stadt rote Ohren bekommen, ohne zu wissen, warum. Wir hören eine Weile zu, um etwas zu lernen, und erhalten prompt Besuch. Der Lärm hat Schweinchen Blau angelockt. Es ist zum ersten Mal im Zimmer und mustert interessiert die Utensilien an den Wänden, bis es zur Leiche gelangt. Ich sehe, wie sich seine Nüstern verengen und die Augen vor Schreck weiten.

„Um Himmels willen", stöhnt es. „Ist das …?"

„Die Tote", vervollständigt Butta böse. „Du kannst gleich ihren Abtransport veranlassen, aber zuerst nimm den da mit."

Damit übergibt er ihm Netto zum Abführen und als Stütze.

„Er kennt Lisbeth Sanini", überlegt Butta laut, als wir allein sind. Der Gestank steigt ihm in die Nase. „Kannte", verbessert er sich. „Wieder so ein Zufall."

„Nicht so ungewöhnlich", werfe ich ein. „Nach dem, was in den Gesellschaftsnachrichten steht, lieben die oberen Zehntausend den Kitzel, sich mit Verbrechern sehen zu lassen. Außerdem sagst du selbst, dass der Club ihm gehört."

Er betrachtet mich mit einem vielschichtigen Blick.

„Wie dem auch sei. Irgendetwas werde ich ihm diesmal anhängen. Nebenbei bemerkt: Du hast dich vorhin ganz schön in die Nesseln gesetzt. Netto hat vielleicht ein noch besseres Gedächtnis für Kleinigkeiten als ein Elefant."

„Ja", sage ich. „Hoffentlich hast du es auch."

„Möglich", meint er vage, „Aber denk daran. Es ist dein Hintern."

Nach dieser trostvollen Ermahnung sieht er auf die Uhr.

„Meine Leute erledigen den Rest hier. Wir fahren zu deinem Klienten."

Ich betrachte ein letztes Mal die Überbleibsel des Eiswürfelchens, das nun doch geschmolzen war, dann folge ich ihm.

Mein Klient macht schlapp

Auf der Straße steige ich in den Käfer und frage Butta, ob er wieder mit mir kommen will. Er winkt einem seiner Wagen und steckt den Kopf durch mein Fenster.

„Einmal hat mir gereicht. Besser, du fährst voraus. Eine Tonne Schrott ohne Bremsen im Rücken macht mich nervös. Bis nachher, Papagei."

Das Lachen bleibt ihm im Hals stecken, als ich die Scheibe blitzschnell hochkurble. Ich lege den ersten Gang ein und spiele mit der Kupplung.

„Du hast was vergessen", sage ich so nebenhin. „Wegen der Kleinigkeit mit Netto."

Sein Adamsapfel tanzt vor dem Glas so was Ähnliches wie Cha-Cha-Cha. Ich löse die Kupplung so weit, dass der Wagen einen Meter nach vorne rollt. Er umklammert die Scheibe mit beiden Händen und stolpert neben mir her.

„Okay", würgt er endlich mit rötlich angelaufenem Gesicht. „Du hast mir geholfen. Danke."

„Gern geschehen", sage ich höflich und drehe das Fenster wieder nach unten. „Wir sehen uns dann."

Mit rauchenden Reifen starte ich die alte Klapperkiste. Rauchende Reifen? Irgendwas raucht jedenfalls. Im Rückspiegel sehe ich, wie Butta wütend die Lippen zusammenpresst, aber ich bin es meiner Selbstachtung schuldig gewesen. Vor dem Büropalast Saninis warte ich auf den Streifenwagen. Zu zweit betreten wir das Gebäude. Der Admiral wird flach wie ein Abziehbild, als er Butta zu Gesicht bekommt. Blitzschnell klebt er mit dem Rücken zu uns an einer Scheibe. Ich winke ihm trotzdem freundlich zu. Alte Bekannte lässt man nicht einfach so stehen. Der Lift katapultiert uns in den dritten Stock. Butta überlässt mir die Führung. Zum zweiten Mal an diesem Tag folge ich dem Flur bis zur Tür mit der Aufschrift ‚Sanini & Sunshine'.

Der Zweimeterbulle zögert. Wenn er Angehörige von Opfern eines Verbrechens verständigen muss, wird er häufig sentimental – da kann es ihm passieren, dass er sogar anklopft. Ich erspare ihm die Peinlichkeit und drücke die Schnalle. Die Schöne blickt uns überrascht entgegen.

„Nur keine Angst", sage ich schnell. „Der hormonverseuchte Affenmensch an meiner Seite würde dich zwar furchtbar gern in seine Folterkammer zerren und dort weiß Gott was alles anstellen, aber ich werde es nicht zulassen. Du stehst unter meinem persönlichen Schutz."

„Zu einem vollwertigen Idioten fehlt dir nur das Mindestmaß an Verstand", knurrt Butta. Er hat kein Auge für Seide und Plexiglas und wirft seinen Ausweis gefühllos auf Goldmähnchens Schenkel. Zumindest verdeckt er mir die Sicht darauf.

„Ich bin Polizeikommissar, Fräulein. Melden Sie uns bei Herrn Sanini. Und zwar flott."

Die Schöne will was sagen, beißt sich auf die Lippen und drückt die Taste der Gegensprechanlage. Gleich darauf tönt Saninis ungeduldiges „Ja?" aus dem Gerät.

„Bell ist wieder hier", sagt meine Flamme ohne spürbare Begeisterung. „Ein Kommissar der Kriminalpolizei begleitet ihn. Sie wollen mit Ihnen reden."

Es folgt eine kurze Pause.

„Schicken Sie die Leute herein."

Ich gehe voraus, weil es ja mein Auftraggeber ist und ich den Wanderweg schon kenne. Sanini sitzt hinter dem Schreibtisch mit den zwei versteckten Ferraris. Er steht nicht auf, aber ich verzeihe ihm das. Schließlich wollte er mit der Polizei nichts zu tun haben und jetzt schleppe ich gleich einen XXL-Kommissar in sein Büro. Er wirkt angespannt. Wir gehen die halbe Meile und bleiben vor ihm stehen. Es macht keinen Spaß, einem Mann zu erzählen, dass seine Ehefrau gerade als angebrannter Hamburger ins Leichenschauhaus transportiert wird. Da wäre es noch einfacher gewesen, wenn sie sich nur einen Jüngeren geangelt hätte. Er liest es in unseren Mienen, denn plötzlich wird er sehr nervös.

„Ich verstehe nicht ganz. Wieso denn Kriminalpolizei?"

„Es ist leider ein Kriminalfall", sagt Butta.

Ich werde das beklemmende Gefühl nicht los, dass ich vor einer Gitarre stehe, an der jemand langsam, aber unerbittlich die Spannschrauben fester und fester zieht. Saninis Stimme klingt prompt eine Oktave höher.

„Ein Kriminalfall? Reden Sie doch! Handelt es sich um meine Frau?"

„Sie werden schon eine Neue finden", sage ich tröstend.

„Halt den Mund!", zischt Butta. „Du hast kein Stäubchen Feingefühl in dir."

Er bemüht sich um ein aufmunterndes Lächeln, findet aber keines.

„Ihre Gattin ist unter bedauerlichen Umständen verstorben, Herr Sanini. Ich darf Ihnen mein aufrichtiges Beileid ausdrücken. Natürlich ist es ein schwerer Schock für Sie. Dennoch muss ich meine Pflicht tun und Sie bitten, mir einige Routinefragen zu beantworten."

Sanini hat sich kurz erhoben und fällt jetzt kraftlos in seinen Sessel zurück. Er versteht die Bedeutung von Buttas Worten falsch.

„Gestorben? Mein Gott! Sie war kerngesund. Von einem Unfall hätte ich doch längst erfahren."

Butta wirft seine gesamte psychologische Ausbildung in die Waagschale.

„Es war kein Unfall. Ihre Gattin wurde ermordet. Jemand hat sie erwürgt und dann in ein Solarium gelegt. Volle Schubkraft."

Ich verstehe ja selbst nicht viel von Psychologie, aber die Details hätte ich mir für später aufgehoben. Zum ersten Mal sehe ich einen Menschen, dem wirklich die Augen aus den Höhlen treten. Jedenfalls ein paar Millimeter weit. Sanini schnappt nach Luft.

„In ein Solarium?"

Langsam wird Butta ungeduldig. Bei allem Respekt vor den Gefühlen eines schockierten Angehörigen sind ihm begriffsstutzige Menschen doch ein Gräuel.

„Mit einem Solarium verbrannt. Ja. Bell hat sie gefunden."
Ich erwarte gewiss keinen Dank, aber die Reaktion, die nun
folgt, stellt alles in den Schatten, was eine überdrehte
Monakreer Tussi an Hysterie aufbringen kann – und das ist
eine Menge. Sanini reißt die Hände vors Gesicht und stößt
einen lauten Schrei aus. Dann kippt er seitwärts von seinem
Stuhl und windet sich auf dem Boden wie ein Regenwurm,
der vom Angelhaken träumt. Dabei ruiniert er seinen guten
Anzug und beginnt im Rhythmus der Zuckungen schrill zu
quietschen. Hinter uns fliegt die Tür auf. Sekunden später
trommeln die Fäuste des Goldschöpfchens gegen meinen
Rücken.
„Sofort aufhören", brüllt sie, obwohl wir ohnehin nichts tun
als stehen und staunen. „Was habt ihr mit ihm gemacht? Was
habt ihr ihm von seiner Frau erzählt?"
„Beruhigen Sie sich und holen Sie einen Arzt", seufzt Butta
resignierend. „Je schneller, desto besser."
Das leuchtet ihr ein. Sie lässt ab von mir und stürzt zu einem
der Telefone auf dem Schreibtisch.
Der Arzt ordiniert offenbar im Haus, denn es dauert nur zwei
Minuten, bis er ins Zimmer tritt. Er schenkt uns keinerlei
Beachtung. Nach einem oberflächlichen Blick auf den
Patienten kramt er in seiner Tasche und verpasst ihm eine
Spritze. Sie wirkt rasch Sanini liegt ruhig und wimmert leise.
Der Mediziner beobachtet ihn einige Momente, dann greift er
nach dem Hörer und bestellt einen Krankenwagen.
Goldmähnchen kauert verschreckt in einem der Lederfauteuils
und zittert mit allem, was sie in der Bluse hat. Der Arzt kehrt
zu Sanini zurück, kniet neben ihm und tut so, als ob
Pulsfühlen Schwerarbeit bedeutete. Butta sieht uns der Reihe
nach an und hat endgültig die Nase voll.
„Du bleibst in der Stadt und erreichbar", bestimmt er an mich
gewandt. „Die beiden Figuren kommen dran, wenn sie ihre
Handvoll Nerven wieder eingesammelt haben."
„Sie sollten sich schämen", murmelt der Doktor, ohne
aufzusehen.

„Ach, halten Sie doch die Schnauze", brummt Butta angewidert. Dann steckt er einen Stumpen in den Mund und verlässt die Versammlung mit dröhnendem Schritt. Für ihn ist es ein guter Abgang. Mein Klient liegt mit geschlossenen Augen auf dem Rücken. So ein erfolgreicher, abgebrühter Börsenmakler hält verteufelt wenig aus. Ich stelle tiefsinnige Überlegungen an und gelange zu dem Ergebnis, dass man in Menschen nicht hineinschauen kann. Toll. Weiter komme ich nicht, deshalb gebe ich es auf. In der Zwischenzeit ist der Medizinmann aufgestanden und horcht meine Traumfrau über die Vorgeschichte des Anfalls aus. Sein Blick wandert dabei unentwegt von ihr zu seiner Armbanduhr und wieder zurück. Was ihm noch an Zeit bleibt, verwendet er, um sich mit einem großen Taschentuch die feuchte Stirn zu wischen.

„Heiß hier drinnen, nicht wahr?", bemerke ich teilnahmsvoll, obwohl die Klimaanlage meiner Ansicht nach prächtig funktioniert. Zum ersten Mal wendet er mir das Gesicht zu. Es ist ein mageres, ungeduldiges und nervöses Gesicht. Was darin steht, liest sich nicht schmeichelhaft für mich.

„Ich weiß nicht viel von Ihnen", sagt er leise. „Aber wenn Sie nur ein bisschen von Medizin verstünden, wären Sie auch beunruhigt."

„Ist es so ernst?", frage ich niedergeschmettert.

Er macht eine hilflose Handbewegung, die er von einem Sitcom-Star abgeschaut haben muss. Vielleicht lernen es die Mediziner aber auch an der Uni.

„Wie ernst es ist, kann man zu diesem Zeitpunkt kaum beurteilen. Jedenfalls hat Herr Sanini einen schweren Schock erlitten, einen Nervenzusammenbruch."

Er betrachtet mich voller Missbilligung.

„Sie haben ihm das Unglück mit seiner Gattin wohl äußerst schonend beigebracht?"

Ich nicke und warte, bis er widerwillig fortfährt.

„Er hat eine kreislaufstärkende Spritze erhalten. Ich lasse ihn jetzt zur Beobachtung in die Privatklinik von Dr. Astase bringen."

„Warum nicht in ein normales Krankenhaus?", erkundige ich mich, um ihn bei Laune zu halten. Stattdessen legt er noch eine Portion Missbilligung nach.

„Es geht Sie vermutlich nichts an. Nur um zu vermeiden, dass Sie weiterfragen: Dr. Astase ist ein hervorragender Spezialist, bei dem sich Herr Sanini bereits mehrere Male erholt hat."

Ich nehme ein neues Stäbchen in Betrieb.

„Sonderbar, auf mich hat er einen ganz gesunden Eindruck gemacht."

Das ärgert den Doktor noch mehr.

„Davon verstehen Sie nichts. Wenn sich ein angestrengter Geschäftsmann von Zeit zu Zeit eine Auszeit gönnt, dann ist das nicht Symptom einer Krankheit, sondern Zeichen eines intakten Verstandes. Ich glaube gerne, dass Sie das nicht nachvollziehen können."

Auweh, das tut ihm gut. Mit triumphierender Miene wendet er sich ab und widmet sich ganz seinem Patienten. Ich sehe, dass seine Hände zittern, und wäre nicht gern unter seinem Skalpell gelegen. Die Vorstellung gefällt mir nicht, deshalb suche ich nach einer angenehmeren Beschäftigung. Die sitzt verkrampft in ihrem Stuhl und ist noch immer leichenblass. Ich trete neben sie und lasse meine Augen am kurzen Zügel gehen. Es dauert eine Weile, bis sie mich bemerkt.

„Entschuldige wegen früher", flüstert sie schwach. „Mir sind einfach die Nerven durchgegangen, als ich ihn in diesem Zustand sah."

Sie zögert.

„Stimmt es, was der Polizist erzählt hat?"

„Es geht nichts über eine Gegensprechanlage", erwidere ich scharfsinnig. „Lässt er dich immer mithören?"

„Manchmal. Wenn er glaubt, ein Zeuge könne nicht schaden. Es ist also wahr?"

Ich nicke. Sie schaudert, als wäre ihr ein glücklicher Schneeball ins Dekolleté gerutscht. Wenn sie so weitermacht, wird sie ihren Chef noch in die Klinik begleiten müssen. Das will ich um jeden Preis vermeiden.

„Gibt es in diesem Laden einen Stoff, der dich wieder auf die
Beine bringt?"
Sie versteht mich auf Anhieb.
„In dem Schrank dort."
Ich folge ihrem Zeigefinger und finde eine Flasche Cognac.
Er ist schon verdammt alt, riecht aber noch ganz brauchbar.
Ich fülle die Hälfte davon in zwei bauchige Gläser und trage
sie zu ihr. Der Doktor geht leer aus. Mehr als zwei von den
schwangeren Eimern schaffe ich beim besten Willen nicht. Ich
hoffe, er kann das nachvollziehen. Goldmähnchen macht
große, runde Augen. Ich stoße mit ihr an und gieße mir die
Brühe durch die Gurgel. Sie nippt zuerst ganz vorsichtig, dann
kommt sie auf den Geschmack und nimmt einen ordentlichen
Schluck. Nach dem Hustenanfall probiert sie es gleich wieder.
Der Sprit zündet rasch. Ich bringe vorsorglich die Flasche
zum Tisch. In diesem Moment stürzen zwei weiß gestärkte
Müllmänner mit einer Bahre ins Büro und eilen zum Onkel
Doktor, der sie eifrig einweist. Gemeinsam laden sie Sanini
auf und traben im Schnellschritt hinaus. Der Arzt nickt der
Schönen zu. Dann schraubt er die Nase weit hoch, damit er
mich nicht grüßen muss, und beschließt den Trauerzug.
„Ein freundlicher Bursche", sage ich. „War richtig nett, mit
ihm zu plaudern."
Goldschöpfchen reagiert nicht. Sie arbeitet verdächtig
konzentriert am Verschluss der Flasche. Ich bekomme es mit
der Angst zu tun.
„Zieh lieber die Bremsleine, Süße", mahne ich. „Wir haben
heute Abend noch dein aufregendstes Rendezvous aller Zeiten
vor uns."
Der Cognac hat frisches Rot in ihre Wangen befördert und das
Feuer in den Augen angefacht. Sie betrachtet mich
nachdenklich.
„Sag mal, Jingle, welche Naturkatastrophe vermag eigentlich
deine Gedanken in normale Bahnen zu lenken? Blau gestreifte
Strumpfbandgürtel?"

„Meine Gedanken bewegen sich in den natürlichsten Bahnen der Welt", erwidere ich. „Strumpfbandgürtel stören da nur." Ihr schwaches Lächeln erstickt an einem harten Schlucken. Die Wirklichkeit holt sie ein und bricht wie eine Flut aus ihr hervor. Eine Flut von Tränen. Sie schlägt die Hände vors Gesicht und schluchzt auf.

„Mein Gott! Es ist doch nur ein böser Traum. Das tut doch niemand, einen lebendigen Menschen auf diese Art ermorden."

Ich verzichte aus Zartgefühl auf den Hinweis, dass meiner Erfahrung nach ausschließlich lebendige Menschen ermordet werden. Aber irgendwie hat sie ja recht. Es ist eine Sache, einen Typen oder eine Typin zu erwürgen. Dafür kann es tausend gute Gründe geben und der, der es tut, muss es mit sich selbst abmachen und mit dem, was ihn dann erwartet. Aber eine Leiche drei Tage lang ungewürzt braten – das zeugt wirklich von schlechtem Geschmack.

Die Schöne lässt ihren Tränen freien Lauf. Genügend Lauf, um darin zu baden. Sogar genügend für ein Doppelbad. Vielleicht verwirrt mich diese Vorstellung oder es liegt am Hacksteak oder der gegrillten Lisbeth. Oder es ist einfach ein Tag, an dem hochintelligente Menschen tödliche Dummheiten begehen. Meine Erste war das Zwischenspiel mit Kassa Netto gewesen. Eine unentschuldbare Entgleisung für einen Privatdetektiv, der am Leben hängt. Und nun fühle ich mich plötzlich wie der edle Ritter in der schimmernden Rüstung. Sanini ist außer Gefecht gesetzt, seine Sekretärin sitzt da mit gestrichenen Segeln, Butta verbeißt sich in Netto und das Eiswürfelchen liegt tot in der Kühlkammer. Höchste Zeit, dass der Held auftritt. Beinahe väterlich streiche ich Goldmähnchen übers Haar.

„Keine Sorge, Darling. Ich werde mich darum kümmern." Sie stoppt die Flutwelle und hebt ihr Gesicht. Ein verheißungsvolles Versprechen steht darin und bringt mich endgültig um den Verstand.

„Du fängst den Verbrecher? Du lässt mich nicht im Stich?"

„Niemals", gelobe ich. Klüger wäre es gewesen, sofort davonzulaufen. Aber wer ist schon klug im Angesicht der reinen Verführung? Sie springt auf und drückt ihren heißen Mund fest auf den meinen. Bevor ich reagieren kann, ist sie wieder außer Reichweite und klimpert mit diesen endlos langen, schimmernden Wimpern. Sie sind tatsächlich länger als ihr Rock.

„Heute Abend im Mogul, ja?"

„Verfüg über mich", schlage ich mit belegter Stimme vor.

„Am besten gleich hier und jetzt. Der singende Fisch wird uns nicht verraten."

„Es ist mir lieber, du gehst nun", sagt sie. „Ich habe noch einiges zu erledigen."

„Ich würde dir gern dabei helfen", entgegne ich, aber sie lotst mich schon in Richtung Ausgang.

„Einen Moment noch!"

Sie bleibt mit einem entzückenden Ruck stehen und sieht mich fragend an.

„Wenn ich mich schon weiter einmische, dann kann ich sofort damit beginnen. Ich möchte mit dem Partner deines Chefs sprechen."

„Tut mir leid", bedauert sie. „Der ist nur selten im Büro. Er arbeitet vorwiegend außer Haus."

Sie stockt einen Augenblick und nimmt sich dann ein Herz.

„Wo wurde Lisbeth eigentlich …?"

„Im Eden-Club", beantworte ich die unausgesprochene Frage.

Ihr Luxuskörper erstarrt für Sekunden zur Luxusstatue.

„Nicht möglich! Das ist doch diese Liegewiese für Leute, die keinen Stoff auf der Haut vertragen. Sie hat mir manchmal davon erzählt."

Ich nicke zustimmend.

„Warst du schon mal dort?"

Meine Fantasie sagt Ja und liefert gleich die passenden Bilder mit, aber sie verneint entschieden und hat es plötzlich eilig.

„Mir wird so leicht kalt. Und vergiss nicht deine Stielaugen,

wenn du gehst – mein kleiner Wüstling!"
Damit schiebt sie mich hinaus und schließt die Tür.

Auf der Fährte

„Mein kleiner Wüstling!"
Für ein paar Sekunden fühle ich mich wie der Hauptgewinner
in der Lotterie. Dann fällt mir wieder ein, dass ich meine
Klappe ziemlich weit aufgerissen habe. Jedenfalls muss ich
mir ein paar Sachen überlegen. Ich fahre nach Hause. Ich
wohne in einem netten kleinen Haus am Stadtrand von
Monakree. Das Haus gehört meiner Tante Amanda. Weil ich
der Sohn ihrer Lieblingsschwester bin, verhätschelt sie mich,
als wäre ich ihr eigener. Als ich eintrete, schlägt die Standuhr
im Vorraum gerade fünf. Sie schlägt pünktlich alle fünfzehn
Minuten. Laut wie eine erwachsene Kirchturmuhr, obwohl sie
nicht so groß ist.
Ich hätte sie längst auf die Straße geworfen, aber eine innere
Stimme sagt mir, dass Tante Amanda die Uhr möglicherweise
noch mehr liebt als mich. Der Kater kommt mir klagend
entgegen. Er heißt Heinrich VIII., weil er Tante Amandas
achter Kater ist, und er beschwert sich, weil ich einer Arbeit
nachgehe, anstatt ihn durch meine bloße Anwesenheit zu
unterhalten. Ich streichle ihn und gebe ihm einen Tipp wegen
einer flotten Mieze, die zwei Häuser weiter in der Sonne sitzt.
Er wirft mir einen prüfenden Blick zu, merkt, dass ich nicht
schwindle, und verduftet durch die Katzentür.
Tantchen sitzt vor dem Bildschirm und sieht sich eine
Talkshow an, bei der sie lautstark mitdiskutiert.
Ich angle mir ein großes Glas, fülle es und setze mich in
meinen Lieblingssessel vor der Balkontür. Früher hatte man
von hier einen schönen Blick über Monakree. Jetzt hat man
einen schönen Blick aufs eigene Haus und alles, was dahinter
liegt. Sie haben uns einen endlos langen und hohen Block mit
einer Spiegelfassade vor die Nase geknallt und es
Stadtentwicklung genannt. Ich nehme einen großen Schluck
und überlege, worauf ich mich da voreilig eingelassen habe.
Butta verträgt es nicht, wenn ich ihm in die Quere komme und
Netto zählt wohl schon die Stunden, bis er mich vollpumpen

kann – nicht mit Luft, so viel steht fest. Mein kurzfristiger Vorteil besteht darin, dass die beiden zurzeit miteinander Katz und Maus spielen. Wenn ich sie dabei nicht störe, habe ich die Chance, die Dinge selbst auf die Reihe zu bringen, ohne Federn zu lassen. Keine besonders große Chance. Ich denke nach, bis das Glas leer ist, dann wähle ich die Nummer eines stadtbekannten Klatschmauls, an den die Putze des Eden-Clubs in hundert Jahren nicht heranreichen würde. Mein Kontakt ist spezialisiert auf Einzelheiten, die die Betroffenen selbst am liebsten vergessen hätten. Eine Minute später habe ich ihn dran und er ist außer sich vor Seligkeit über meinen Anruf. Die Straßen brummen von Gerüchten, behauptet er und brennt vor Neugier, Näheres von mir zu erfahren. Ich verspreche es, wenn er mir dafür einige Auskünfte gibt. Und genau das ist die Leidenschaft jedes Klatschmauls. Dafür lebt es ja.

‚Sanini & Sunshine' kennt er als erste Adresse für Leute, die sehr viel Bares besitzen und noch mehr daraus machen wollen. Von wirtschaftlichen Schwierigkeiten oder Skandalen weiß er nichts. Auch nicht im Zusammenhang mit Lisbeth Sanini. Es sei aber ein offenes Geheimnis, dass die Firmenpartner nicht eben gut miteinander auskommen. Das habe in letzter Zeit auch das Geschäft etwas gebremst. Manche Leute, und besonders die reichen, wittern halt überall drohende Gefahr. Es kränkt das Klatschmaul sehr, dass es von Eiswürfelchens exklusivem Hobbyraum nicht einmal etwas geahnt hat. Ihr unkonventioneller Tod tröstet es ein wenig. Was für eine Geschichte! Klatschmaul kann mir auch nicht verraten, wer der glückliche Erbe ihres Vermögens ist, nimmt aber an, dass der Gatte zum Zug kommen werde. Lisbeth stammt aus einer konservativen Familie, die spielen nicht mit Testamenten.

Ich erkundige mich auch nach Malden, den teilnahmslosen Gatten der Offenherzigen.

„Er ist ein Großverdiener im Großhandel", teilt er mir mit.

„Wenn er seine Frau nicht hätte, wäre er längst im Mammon erstickt. Sie sorgt dafür, dass dies nie passieren wird."

„Klatsch?", frage ich.

„Jede Menge", sagt er fröhlich. „Angeblich verwendet er seine Frau nur tagsüber zum Herzeigen und sie zahlt ihm dies bei jeder Gelegenheit zurück. Soll im Eden-Club ja kein Problem sein."

„Sie ist doch ein Prachtstück, ist er schwul?"

„Bi – wenn er überhaupt noch etwas ist. Er braucht seine Nase häufiger zum Koksen als zum Atmen."

„Gehört das zu Kassa Nettos Geschäftsmodell?"

Für einen Moment herrscht Stille.

„Kassa Netto?", wiederholt Klatschmaul plötzlich ernüchtert. „Über den weiß ich nichts und will ich gar nichts wissen." Und schon hat er aufgelegt.

Ich genehmige mir noch ein Glas und lasse mir Saninis Nervenzusammenbruch durch den Kopf gehen. Der Tod seiner Lisbeth macht ihn wahrscheinlich um einige Stellen vor dem Komma reicher. Und bevor ihn Butta nach alter Bullenmanier in die Mangel nehmen kann, kippt er um und entschwindet in eine Klinik. In so einer Klinik kann man es lange aushalten, wenn der Arzt mitspielt. Viele Ärzte spielen gerne mit, wenn man sie nur genug gewinnen lässt.

Jemand klopft an die Wohnungstür. Tante Amanda hört es nicht, weil sie gerade einen Lokalpolitiker niederbrüllt, der eine unpassende Meinung geäußert hat. Ich gehe zum Eingang und öffne. Es ist der Sprössling eines Nachbarn. Er bringt mir die Zeitungen, zum Dank dafür, dass ich ihm mal gezeigt habe, wie man einfache Schlösser knackt, ohne dass es auffällt. Seither hat er gute Noten in der Schule.

Der Mord beherrscht schon die Schlagzeilen, das ist wirklich schnell gegangen. Kein Wunder bei den Zutaten: perverse Kammer, Sexspiele, Drogen – ein gefundenes Fressen für jeden Reporter. Sie formulieren natürlich sehr vorsichtig und distanzieren sich von all den Gerüchten, die sie verbreiten. Der geübte Leser weiß schon, was Sache ist. Ich erinnere

mich an das ältere Paar und die Sonnenanbeterin, die so eifrig
miteinander verhandelt haben. Ist vielleicht doch nicht nur um
eine Partie Rummy gegangen.

Die Verhaftung Nettos wird, ohne ihn beim Namen zu
nennen, als vorläufige Festnahme eines wichtigen Zeugen
erwähnt. Der Ruhm für die Aushebung der Lasterhöhle ruht
schwer auf Buttas Schultern und denen seiner Vorgesetzten.
In einem der Blätter findet sich auch mein Name. Er steht in
Anführungszeichen. Die Uhr im Vorraum schlägt ein Viertel
nach sieben. Tante Amanda ist vor dem Fernseher
eingeschlafen. Ich ziehe meinen besten Anzug an, den mit den
violetten Streifen auf grauem Grund, und stecke alles Geld in
die Tasche. Dann mache ich mich auf den Weg.
Goldschöpfchen soll nicht warten.

Vor dem Mogul parkt eine Chromflotte, die mich stark an jene
vor dem Eden-Club erinnert, oder auch an die, die sich in der
Fassade von Saninis Büropalast spiegelt. Im Prinzip ziehen
die Reichen auch nur wie eine Schafherde von Futterstelle zu
Futterstelle und blöken sich an. Aber eines bestätigt sich
wieder: Mein alter Kübel passt nicht hierher. Der Platzwächter
erweist sich zum Glück nicht als Autorassist. Er ist
demokratisch vom Scheitel bis zur Sohle, für ihn zählt nur die
Höhe des Trinkgelds.

Meinen Käfer muss er nicht bewachen. Ich lasse meine Hand
freundschaftlich in seine ausgestreckte Pfote fallen und drücke
sie kräftig von Kumpel zu Kumpel. Das reicht, damit er zum
Rassisten wird. Oft geschehen solche Metamorphosen rasend
schnell. Ich achte nicht auf seine Flüche und betrete das
Lokal.

Ein livrierter Einweiser, der aussieht wie ein adeliger Pinguin,
mustert mich und meinen Anzug und weist mir einen kleinen
Tisch im dunkleren Teil des Raums zu. Ich bestelle ein
Getränk und vertreibe mir die Zeit, indem ich rate, welche der
anwesenden Damen sich für wie viele Brillanten flachlegen
hatten lassen. Und wie viel sie jetzt dem Chauffeur oder
Gärtner für die gleiche Leistung zustecken. An der Theke

lehnen in faden Grau- und Schwarztönen gekleidete Männer, die einander mit schweinischen Witzen unterhalten. Leider zu leise für mich. Das gelangweilte Grinsen hängt dem Barkeeper schief im Gesicht wie eine verrutschte Perücke, die er nach Dienstschluss an einen Haken hängt. Zwischen den Tischen flattert eine Armada weiterer Pinguine, schiebt Speisewägelchen, füllt Gläser und ist stets zur Stelle, wenn es was nachzulegen gilt oder einer der Gäste sein Gebiss verliert. Als das Goldschöpfchen ins Lokal kommt, wird das Gemurmel leiser und verstummt. Die Köpfe wenden sich ihr zu wie Stecknadeln einem Magneten. Sie trägt ein weinrotes glitzerndes Abendkleid, das bis zu den Knöcheln reicht. Im Gegenzug reicht ein Schlitz bis an die Hüfte und entblößt bei jedem Schritt ihr Bein. Und was für ein Bein! Ich kenne es ja schon. Der Ausschnitt zieht sich v-förmig bis unter den Nabel, aus dem irgendwas Funkelndes leuchtet. Die blonde Mähne gleitet locker über die Schultern, ihre Haltung ist aufrecht und selbstbewusst. Sie sieht aus wie eine Göttin. Sobald sie mich entdeckt hat, setzt sie sich in Bewegung. Was für eine Bewegung! Ich stehe auf, um ihr in den Stuhl zu helfen und weil es sonst zehn andere getan hätten. Als wir sitzen, steigt der Schallpegel langsam wieder an.

„Warum starrst du mich so an?", fragt sie nach einer Weile.
„Hab ich aus Versehen einen BH angezogen?"
Ich reiße meine Augen von ihr los. Ich glaube, man kann es hören.
„Nein", krächze ich. „Ganz bestimmt kein BH."
Sie beugt sich näher zu mir.
„Was hast du herausgebracht?"
„Nicht viel. Neben anderen Vorzügen bin ich Schnelldenker, aber bis morgen solltest du mir doch Zeit lassen."
„Bescheidenheit zählt auch zu deinen Vorzügen?", fragt sie.
„Wo gibt es so etwas?", rufe ich fassungslos. „Bescheidenheit ist eine meiner heimlichen Leidenschaften!"

„Du hast auch heimliche Leidenschaften?"
„Es ist nicht cool, wenn man seine Tugenden so heraushängen lässt. Vor allem nicht bei dieser Menge."
„Du glaubst selbst daran", stellt sie fest. „Dein Selbstbewusstsein muss echt sein, sonst wärst du der beste Betrüger der Welt."
„Der beste der Welt? So was liegt mir."
Ein Oberpinguin unterbricht unser Geplauder und entfaltet zwei Speisekarten, voluminös wie Telefonbücher und mit vielen großen Zahlen darin. Mir schwant, dass es sich nicht um Telefonnummern handelt, sondern um Preise. Preise mit unverschämt vielen Stellen. Mein Honorar wird sich in dieser Räuberhöhle verflüchtigen wie eine Handvoll Nebel an einem heißen Sommertag. Neben mir röchelt es leise. Wenn hier jemand Grund zum Röcheln hat, dann bin ich es. Ich werfe einen fragenden Blick auf das Goldschöpfchen und erschrecke. Ihr Gesicht hat sich grün verfärbt und es ist kein schönes Grün. Ihr zitternder Finger deutet auf die Karte.
„Ich kann jetzt nicht essen", stöhnt sie. „Ich kann nie wieder essen."
Sie hat die Grillspezialitäten aufgeschlagen. Jedes zweite Gericht endet mit dem Zusatz: ‚a la Lizzy'.
„Das hat nichts mit Frau Sanini zu tun", sage ich.
„Wahrscheinlich heißt die Flamme des Chefkochs so."
„Die Flamme", ächzt sie. „Mir ist übel."
„Es muss ja nichts Gegrilltes sein."
Ich schlage eine andere Seite auf und tippe willkürlich irgendwohin.
„Schmorbraten", liest sie. „Bring mich sofort raus hier, sonst falle ich in Ohnmacht."
Ich weiß nicht, was einmal Ohnmacht im Mogul kostet, aber billig ist es bestimmt nicht. Rasch werfe ich dem Oberpinguin ein paar Münzen in die Flosse und schiebe die Schöne ins Freie. Sie atmet tief durch.
„Das war knapp", stellt sie fest. „Was machen wir jetzt?"
In ihren Augen flackert Panik.

„Sag nur nichts von gebratenem Hühnchen an einem Schnellimbiss oder etwas in der Art."

„Komm Süße", entscheide ich. „Ich helfe deinem Magen wieder auf die Beine."

„Nur nichts Süßes", bittet sie. „Da denke ich gleich an karamellisierten Zucker."

Sie lässt sich zum Wagen führen und klettert willig in die Mulde, die vom Sitzpolster übrig ist. Der Parkplatzhirsch hat mich noch nicht vergessen. Als er den Käfer sieht, stellt er sich in die Mitte der Ausfahrt und winkt mit der Faust. Nicht klug. Jedenfalls hat er es allein mir zu verdanken, wenn er jetzt drei Zentimeter größer ist als vor einer Minute. So viel wächst er in der kurzen Zeit, in der das brüchige Profil meines Vorderreifens langsam über seine Zehen rollt. Auf dem Großen halte ich kurz an und wünsche ihm einen guten Abend. Er antwortet nicht, weil er unentwegt die Luft einsaugt wie ein Vakuumierer.

Ich lenke den Wagen durch die lichtüberfluteten Straßen der Innenstadt bis in eine Gegend, wo die Beleuchtung spärlicher und die Gestalten schäbiger werden. Hier gibt es auch viele freie Parkplätze ganz ohne Bewachung. Ich rangiere den Käfer in einen davon, schalte die Scheinwerfer aus und stecke mir eine Zigarette an. Aus dem Handschuhfach hole ich die Notfallflasche und reiche sie dem Goldschöpfchen. Eine Weile gluckst es. Ich rauche und zeichne mit der Glut kleine Schlingen ins Dunkel. Schließlich bricht sie das Schweigen und ihre Stimme klingt ganz anders, so als ob sie einen Bachkiesel unter der Zunge hätte.

„Was kommt jetzt?"

„Keine falschen Hoffnungen", erwidere ich. „In diesem Auto ist Sex tabu. Der Wagen hält es nicht aus."

„Fein", murmelt sie. „Wieso stehen wir hier?"

„Ich will ein Quiz veranstalten. Später sitzen wir nicht mehr im Wagen und ob mir morgen genügend Zeit bleibt, weiß ich nicht."

Ich lege eine Pause ein.

„Du willst doch, dass ich den Mord untersuche?"

Wenn ich es auf ein Nein abgesehen habe, läuft etwas schief.

„Ja, natürlich. Das hatten wir doch schon. Wie kann ich dabei helfen?"

„Ganz einfach", entgegne ich. „Du beantwortest meine Fragen und ich spucke den Namen des Mörders aus."

„Wirklich?"

„Nein. Aber bringen wir es hinter uns. Erzähl mir alles, was du über Sunshine weißt."

Die Flasche gluckst noch einmal, dann sammelt sie sich.

„Die Firma gehört zur Hälfte ihm. Er kümmert sich in erster Linie um neue Kunden und ist beinahe ständig unterwegs. Deshalb habe ich mit ihm auch nicht viel zu tun. Er ist verheiratet und hat eine Tochter, die irgendein Internat im Ausland besucht."

„War er freitags im Büro?"

„Ganz kurz, am Vormittag. Er holte einen Ordner mit Papieren, die er für einen Abschluss benötigte."

„Hat Sanini am Freitag gearbeitet?"

„Sogar über das Wochenende. Ich musste ihn begleiten. Das ganze Wochenende für 30 Minuten Diktat. Aber gut bezahlt."

Ich erinnere mich, dass Sanini die verspätete Suche nach seiner Frau mit einer Geschäftsreise begründet hat.

„Denk nach", bitte ich. „Kannst du mir genau sagen, was ihr von Freitag bis Sonntag gemacht habt?"

„Wann soll ich beginnen?", fragt sie mit schnippischem Unterton. „Bei der Morgendusche?"

„Denk einmal an was anderes", sage ich, worauf sie die Augen verdreht und ein spitzes „Ha!" ausstößt. „Wann kamst du ins Büro?"

„Um halb acht, wie jeden Tag, Herr Sanini war schon da. Er kommt immer einige Minuten vor mir. Bis Mittag haben wir beinahe ohne Pause an der Korrespondenz gearbeitet. Dann ging ich zum Essen."

„Er ist allein im Büro geblieben?"

„Ja. Das macht er immer."

„Woher weißt du, dass er es nicht verlassen hat?"

„Ich habe nur zwei Sandwiches im Lokal gegenüber gegessen. Sein Wagen stand die ganze Zeit auf dem Parkplatz."

„Mach weiter", sage ich.

„Bis zwei arbeitete ich. Er telefonierte in seinem Büro. Ich hatte einen kleinen Koffer fürs Wochenende mitgebracht. Sein Gepäck lag im Wagen. Um drei fuhren wir los. Knapp nach sieben kamen wir in Lunakree an und aßen im Restaurant des Hotels. Gegen neun gingen wir auf unsere Zimmer. Die Besprechung war schon um acht angesetzt, also mussten wir früh raus."

„Wieso fuhr er mit dem Auto? Mit dem Flugzeug dauert es eine halbe Stunde."

„Er hat Angst vorm Fliegen. Das macht er nur, wenn es anders nicht möglich ist. Die Besprechung zog sich bis in den Nachmittag. Am Abend gab es eine Einladung des Wirtschaftsclubs. Nach dem Dinner, es war spät und er nicht mehr ganz nüchtern, kam es dann zu dem Zwischenfall. Du hast die Spuren an seinem Hals gesehen."

„Wie ging es weiter?", frage ich.

„Am Sonntag wollte er unbedingt Tennis spielen. Wir fuhren am frühen Abend weg und kamen gegen Mitternacht in Monakree an. Glaubst du etwa, er hat mit dem Mord zu tun?"

„Jetzt nicht mehr", gebe ich zu. „Vorausgesetzt, er saß am Freitag wirklich bis zu eurer Abfahrt im Büro."

„Darauf kannst du Gift nehmen", sagt sie irgendwie ermunternd. Ich lehne ab.

„Noch etwas. Wie kommen Sanini und Sunshine miteinander aus?"

Sie kichert.

„Wie Hund und Katze. Es ist nur nicht klar, wer der Hund und wer die Katze ist."

„Das war doch nicht immer so?"

„Vor einem Jahr fing es an. Vorher lief es eigentlich gut."

„Wieso haben sie sich zerstritten?"

„Da muss ich passen. Die gehören beide nicht zu den Typen,

die einer Sekretärin gegenüber das Herz auf der Zunge tragen."

„Hast du Sanini schon einmal so erlebt wie heute Nachmittag?"

„Nein." Ihre Stimme bebt bei der Erinnerung daran. „Aber er ist häufig nervös und verschwindet von Zeit zu Zeit für eine Woche in Dr. Astases Klinik."

Ich betrachte die Lichtreflexe auf der Windschutzscheibe und überlege, warum ich hier unbezahlt herumsitze und mich in die Angelegenheiten der Polizei einmische. Da fühle ich eine zarte, kühle Hand auf meiner Wange.

„Du gibst doch nicht auf, Jingle?", flüstert das Goldschöpfchen. „Ich weiß, dass du der Einzige bist, der den Mörder fangen kann."

„Ich gebe nicht auf", sage ich fest und drehe den Zündschlüssel. „Aber jetzt ist es wirklich Zeit für einen Drink."

Die Notfallflasche nehme ich wieder an mich, sie hat ordentlich daran genuckelt.

Jonas' Kneipe liegt in einem Viertel, das Mogulgäste gewöhnlich nur von oben sehen. Der Flughafen ist nicht weit entfernt. Von den Leuchtbuchstaben an der Fassade funktionieren nur noch drei.

Goldmähnchen starrt mich ungläubig an, als ich anhalte und den Motor abstelle.

„Hier wollen wir einen Drink nehmen?"

Ich steige aus und helfe ihr aus dem Wagen.

„Warum nicht? Ich habe bis jetzt immer einen bekommen."

Ich gebe zu, dass die Kneipe nicht besonders einladend aussieht – weder von außen noch von innen. Die Stühle sind aus billigem Holz, die Tische mit gemusterten Kunststoffplatten beklebt, als Aschenbecher dienen ausgeschlagene Teller und ein Ofenrohrdeckel. Die Messingstangen an der Theke bestehen nicht aus Messing, und wenn man seine Kippe auf dem Boden austritt, fällt das niemandem auf.

Ich nicke Jonas und einigen Bekannten zu, dann setzen wir uns. Ungefragt serviert Jonas eine Flasche und zwei Gläser. Er bemüht sich nicht, seine Bewunderung für das Goldschöpfchen zu verbergen. Die übrigen Gäste auch nicht. Ich entkorke die Flasche und schenke ein.

„Die sehen mich an, als trüge ich keinen Faden am Leib", flüstert sie. „Bist du sicher, dass wir hier wieder heil rauskommen?"

„Ich werde alles dafür tun", verspreche ich. „Meine Begleitung endet erst in deiner Wohnung."

„Das habe ich beinahe vergessen", murmelt sie.

An der Theke stehen drei Männer. Einen kenne ich. Die beiden anderen sind fremd hier. Der, der weiter rechts lehnt, starrt mit glasigen Augen in den Raum. Dabei bewegt er stumm die Lippen. In seiner Hand baumelt eine leere Wodkaflasche. Der Zweite wendet uns den Rücken zu. Er ist mittelgroß, hager und kahlköpfig. Ich sehe gerade hin, als er sich umdreht. Ein schmales Rattengesicht ziert ein dünnes Oberlippenbärtchen. Sein Blick streift gelangweilt über die Tische. Als er bei unserem anlangt, zuckt das Rattengesicht zusammen. Er dreht sich rasch wieder um. Gleich darauf verschwindet er in Richtung Klo. Ich beobachte, wie er auf dem Weg ein Handy aus seiner Hosentasche zieht. Das Goldschöpfchen widmet sich teilnahmsvoll ihrem Glas. Es ist dringend an der Zeit, dass sie was Handfestes zwischen die Rippen bekommt.

„Kennst du den Typ?", frage ich.

„Welchen Typ?"

„Der gerade an der Theke entlanggelaufen ist."

„Nein. Warum fragst du?"

Ich zucke die Achseln.

„Nur so. Solltest du dich mit dem Sprit nicht ein bisschen zurückhalten?"

„Ich spüle nur meine moralischen Bedenken weg. Wegen später."

„Dann ist es okay", stimme ich zu. „Jetzt futtern wir etwas."

Jonas' Gulasch ist weithin berühmt und es erinnert nicht im Geringsten an Gegrilltes. Es ist sogar umstritten, ob es überhaupt Fleisch enthält. Ich habe selbst erlebt, wie Jonas einem Vegetarier schwur, dass kein Fitzelchen drin sei. Mir schwur er, er verwende nur das Beste vom Rind. Oder vom Schwein. Oder vom Reh, wenn ein totgefahrenes am Straßenrand liegt. Spricht man ihn darauf an, nennt er es flexible Wahrheit. Solche Leute sollten in Monakree in die Politik. Nicht diese ehrpusseligen Mimosen, die beim kleinsten Schwindel rot werden und zurücktreten. Jedenfalls ist sein Gulasch scharf wie die Hölle, man bekommt ordentliche Portionen und braucht jede Menge Weißbrot und Bier dazu.

Als Jonas die Teller bringt, kehrt das Rattengesicht zurück und verlangt Whisky.

„Kennst du die Ratte?", frage ich leise.

„Sie war zwei- oder dreimal hier", entgegnet er. „Trinkt einige Schnäpse und geht wieder. Kein angenehmer Bursche. Er hat mich gefragt, warum ich keinen Spielautomaten hätte, und mir angeboten, einen zu beschaffen. Ich habe abgelehnt. Das hat ihm nicht gefallen."

„Hast du gehört, mit wem er telefonierte?"

Jonas hebt die massigen Schultern.

„Er hat den Chef verlangt. Mehr habe ich nicht mitbekommen."

Das Rattengesicht wirft Geld auf die Theke und verlässt das Lokal, ohne von uns Notiz zu nehmen. Sein Erstaunen vorhin war echt gewesen. Ich glaube nicht an Gespenster. Hinter uns sitzt niemand, dem es gegolten haben könnte. Aber wenn meine Schönheit ihn doch kennt, warum macht sie mir dann was vor? Sie ist vor mir fertig und leckt sich die Lippen.

„Das war gut, Jingle. Du darfst mich öfter einladen."

Ihre Stimme klingt verwischt wie ein Aquarell. Ich rechne zusammen, was sie intus hat. Eine gute Portion der Notfallflasche, Jonas' Schnaps und ein Fässchen Bier zum Gulasch. Vom Cognac in Saninis Büro nicht zu reden.

„He Jingle", sagt sie. „Ich will tanzen."
Rhythmische Bewegung, ja. Aber tanzen?

Tanzvergnügen

Als wir das Cinderella verlassen – es ist der heißeste
Schuppen der Stadt –, ist es drei Uhr morgens,
Goldschöpfchen ein bisschen ernüchtert und ich leicht
beduselt. Eine ideale Mischung. Ich fahre sie nach Hause. Sie
sitzt neben mir und kichert, weil mir um diese Tageszeit die
Verkehrsregeln schnuppe sind.
„Willst du wirklich noch Kaffee?"
Was für eine Frage nach all den Mühen!
„Und ob!"
Sie geht auf bloßen Füßen, das Glitzerding im Nabel hat sie
auch verloren. Wie schon erwähnt: Das Cinderella ist
tatsächlich der heißeste Schuppen der Stadt. Es soll
vorgekommen sein, dass die eine oder andere Besucherin
splitternackt nach Hause gekommen ist.
Goldmähnchen ist also ein bisschen ernüchtert, aber nicht zu
sehr. Auf dem Gehsteig wirbelt sie herum und vollführt mit
erhobenen Armen eine Reihe wilder Tanzschritte. Das gibt
ihrem Kleid den Rest. Der rechte Träger reißt, Stoff rutscht
nach unten und enthüllt eine makellose, feste Brust. Die glatte
Haut schimmert im Licht einer Straßenleuchte, mein Hals
wird schlagartig trocken, obwohl ich ihn ordentlich befeuchtet
habe. Goldschöpfchen lacht.
„Gehen wir hinauf. Ich verkühle mich leicht."
Sie kramt eine Weile nach dem Schlüssel und lässt uns in den
Appartementblock.
Ihre Wohnung liegt im achten Stock. Sie führt mich in ein
großes, modern eingerichtetes Zimmer mit hellen
Ledermöbeln, einem Topfpflanzendschungel und einigen
Kunstdrucken an den Wänden. Eine Küche schließt direkt an.
Sie setzt eine Espressomaschine in Betrieb und kehrt in den
Wohnraum zurück. Ich warte ab. Mit einer lasziven Geste
streicht sie eine üppige Haarsträhne von der freien Brust und
legt den Zeigefinger auf den rubinroten Nippel.
„Ich glaube, ich muss mich umziehen", sagt sie, von der

eigenen Berührung angeregt. „Warte hier. Es dauert nicht lange."

Es dauert wirklich nicht lange. Sie erscheint in einem kurzen, eng sitzenden Kleid mit schräg verlaufenden weißen und hautfarbenen Streifen. Ich begreife, dass die hautfarbenen Streifen nicht Stoff, sondern durchsichtiger Tüll sind. Sie lässt sich in einen breiten Sessel fallen, streckt die schlanken braunen Beine aus und wackelt mit den Zehen. „Sieh mal, Jingle."

Sie lacht heiser. Ich beobachte fasziniert, wie ihre Hand den Stoff zwischen den Schenkeln langsam nach oben schiebt, und gebe es auf, meine Pulsfrequenz zu schätzen.

Eine halbe Stunde später liegen wir nebeneinander auf dem dicken Teppich. Goldmähnchen dreht sich zu mir und streichelt meinen Bauch.

„Du bist tatsächlich ein Wüstling", schnurrt sie. „Ich besitze doch ein wunderbar bequemes Bett."

Im Hintergrund blubbert die Kaffeemaschine.

„Das muss ich sehen", sage ich und hebe sie auf. „Vielleicht gibst du ja nur an."

Ich trage sie ins Schlafzimmer und wir prüfen ihre Liegestatt auf Herz und Nieren, wie noch selten zuvor ein Bett getestet wurde.

Beim Erwachen habe ich Kopfschmerzen und einen pelzigen Belag auf der Zunge. Ich muss irgendwas getrunken haben, das mir nicht gut bekommen ist. Wahrscheinlich das Mineralwasser nach dem Tanzen. Ein Fehlgriff. Für ein halbes Stündchen halte ich die Augen noch geschlossen, dann schüttle ich das Brummen aus dem Kopf, stehe auf und ziehe die Vorhänge zur Seite. Tageslicht fällt ins Zimmer und auf den nackten Seidenkörper von Aphrodite alias Goldschöpfchen. Es liegt mit angezogenen Knien auf der Seite und reckt mir ihr Hinterteil entgegen. Ich tätschle die perfekte Rundung. Sie brummt etwas Unverständliches. Es klingt wie ‚Jetzt ist's aber genug'. Sie dreht sich auf den Bauch und schläft weiter.

Im Badezimmer finde ich Rasierschaum und Klinge in einem Spiegelkästchen. Handtuch finde ich keines. Ich kehre ins Schlafzimmer zurück und nehme mir die Schränke vor. Sie enthalten Kleider, Mäntel, Pelze, nochmals Kleider, jede Menge aufregender Dessous und einen dunkelgrauen Herrenanzug, der zum Rasierzeug passt. Sein Besitzer ist kleiner und dicker als ich. Vielleicht ist es ihr reicher Bruder, der die Wohnung und etliches mehr bezahlt. Meistens sehen Schwestern anders aus, denke ich nach einem neuerlichen Blick aufs Goldschöpfchen, aber genau genommen geht es mich ja nichts an. In einer Lade stoße ich auf Handtücher und wasche und rasiere mich. Meine Kleider liegen im Wohnraum. Ich ziehe mich an und höre das Blubbern des erschöpften Kaffeeautomaten. Aus Mitleid trinke ich eine Tasse und schalte ihn ab. Vom Wohnzimmer aus hat man einen prächtigen Blick auf den Glockenturm von Monakrees größter Kirche. Wie ein mahnend hochgestreckter Finger ragt er aus dem grauen Geröll der Stadt. Die riesige Uhr zeigt halb zehn. Ich schiebe Goldmähnchen einen Zettel mit meiner Telefonnummer in die Hand und verlasse das Appartement.

Warnschuss

Im kleinen Vorraum meines Zimmers empfängt mich
halblautes Schnarchen. Tantchen hat keinen Besuch erwähnt,
schon gar keinen schlafenden. Ich stoße die Tür auf. Der
Raum ist leer, das heißt beinahe leer. Auf dem Boden liegt mit
seitlich weggestreckten Pfoten Heinrich VIII. Er schnarcht mit
weit geöffnetem Maul. Auf dem Schreibtisch hat sich eine
große, braune, duftende Lache ausgebreitet, ein dünnes
Rinnsal tropft über die Kante. Die Reste einer Flasche liegen
in der Flüssigkeit verstreut. Es riecht durchdringend nach
gutem Schnaps und ich beginne zu begreifen. Der Fellbeutel
schnarcht, weil er stockbesoffen ist und seinen Rausch
ausschläft. Für einen Augenblick packt mich das schlechte
Gewissen. Vielleicht sucht Heinrich Trost im Alkohol, weil
ich mich zu wenig um ihn kümmere. Nur: Wie hat er es
geschafft, die Flasche zu zerschlagen? Bloßes Umkippen
hinterlässt nicht so ein Scherbenfeld. Dann sehe ich das
fingerdicke Loch im Rückenteil meines Polsterstuhls, der
hinter dem Tisch steht. Ich drehe ihn und finde ein zweites
Loch auf der anderen Seite. Knapp über der Bodenleiste ist
die Wand beschädigt. Ein verformtes Metallstück liegt
zwischen kleinen Brocken Verputz.
Aus einer heilen Flasche gieße ich mir ein dreifaches
Frühstück ein und überlege. Heinrich VIII. ist ein intelligentes
Tier. Durchaus möglich, dass er meinen Whisky umwirft und
sich betrinkt. Aber er würde niemals mit Gewehren um sich
schießen. Nicht in seiner eigenen Wohnung.
Ich folge der Flugbahn des Geschosses durch das Fenster bis
auf das Dach des gegenüberliegenden Spiegelhauses.
Irgendjemand hat vorgeführt, wie einfach es für ihn ist, einen
lästigen Schnüffler auszuschalten. Die Art der Warnung
macht nicht den Eindruck, als stammte sie von einem
verärgerten Händler, bei dem ich in der Kreide stehe.
Ich stecke die Kugel ein und beseitige die Überreste des
Anschlags. Heinrich VIII. lege ich in seinen Korb. Hoffentlich

gewöhnt er sich nicht an den Geschmack dieser Preisklasse. Nach einem zweiten Frühstück suche ich die Nummer von Dr. med. Astases Klinik und rufe an. Die Frau am anderen Ende klingt halbwegs freundlich, bis sie begreift, dass ich kein potenzieller Kunde bin, sondern nur ein wissbegieriger Schnüffler. Schlagartig entwickelt sie den Charme einer aufgelassenen Kiesgrube, verweigert jede Auskunft über Saninis Zustand und untersagt mir jeglichen Besuch. Als Sahnehäubchen ersucht sie mich, mir doch bitte die Finger zu brechen, statt herumzutelefonieren und sie von ihrer Arbeit abzuhalten. Ich wünsche ihr einen Urlaub auf der Festtafel eines Kannibalenvereins. Sie legt auf, ohne sich zu bedanken. Das Handy ist noch warm, als Butta anruft.

„Hast du was vor?", fragt er.

„Habe ich", erwidere ich lustlos.

„Dann komm ins Präsidium. Ich warte auf dich."

Er unterbricht die Verbindung. Ein Tag der gelungenen Kommunikation beginnt anders.

Im hässlichsten, kältesten Betonblock der Stadt ist das Polizeipräsidium untergebracht. Normalerweise stehen da die rostigen Kübel der Bullen und ein paar Zuhälterkutschen. Heute ist alles anders. Lack und Glanz rundum. Ich gehe rein. In den Gängen drängen sich Leute, denen die Umgebung sichtlich nicht behagt. Viele von ihnen leiden an chronisch gerümpften Nasen. Sie sind schlichtweg perplex ob der Tatsache, dass die Polypen es gewagt haben, sie ohne Einladung auf Büttenpapier herzuzitieren. Sieht ganz nach einer Hauptversammlung der Mitglieder des Eden-Clubs aus. Buttas Büro ist nicht viel größer als ein Loch im Zahn. Wenn sich drei Personen darin aufhalten, ist das Loch plombiert. Mit mir sind es drei, Butta, ich und 120 Kilogramm weißes Gelee. Das weiße Gelee ist ein dicker, leger gekleideter Mann. Er zittert wie ein übergroßer Vibrator. Ein dicker Haufen Fett, der sich in Empörung verwandelt hat. Butta nickt mir zu, als ich eintrete. In der rechten Faust hält er einen Gummiknüppel und schlägt damit locker auf einen Papierstapel, der seinen

77

Schreibtisch verziert. Das weiße Gelee bemüht sich um Haltung. Nicht ganz einfach bei dem Grundstoff.

„Ich habe nichts mehr dazu zu sagen. Und ich muss Sie warnen, Kommissar", es holt tief Luft, „ich kann nicht billigen …"

„Hauen Sie ab", unterbricht ihn Butta gelangweilt. „Wir werden Ihre Aussage überprüfen. Jetzt habe ich Wichtigeres zu tun."

Das Gelee schnappt wieder nach Luft.

„Sie wissen wohl noch immer nicht, wen Sie vor sich haben. So können Sie mit kleinen Ganoven umspringen, da verfügen Sie bestimmt über reichliche Erfahrung, aber mit mir geht das nicht, mit mir nicht!"

„Verschwinden Sie endlich", knurrt Butta. „Aber rasch, sonst überlege ich es mir."

Der Mann setzt nochmals zum Sprechen an. Sein Mund steht schon offen, da fängt er Buttas Blick auf. Der Mund klappt wieder zu und das empörte Fett verlässt hastig das Büro. Die Tür fällt mit einem lauten Knall ins Schloss.

„Was hat er getan?", frage ich. „Einen Kaugummiautomaten überfallen?"

„Eines der Mitglieder deines sauberen Clubs", erwidert Butta. „So sind sie alle. Jeder droht mit Anwalt, Staatsanwalt und Anzeigen ohne Ende. Und natürlich hat keiner gewusst, was im Garten Eden so vor sich gegangen ist." Er bleckt die Zähne. „Verrate es nicht weiter, aber mir ist jeder armselige Halunke lieber als dieses arrogante, verlogene Pack."

Ich setze mich.

„Doch das ist nicht dein Problem", fährt er fort und zündet sich eine Zigarre an. „Du bist den Fall ja los."

Ich halte es für besser, ihm seinen Glauben zu lassen. Butta sucht die passenden Worte. Seine passenden Worte.

„Ich bin dennoch zur Ansicht gelangt, dass du ein Recht darauf hast, über den Fortgang der Untersuchung informiert zu werden. Immerhin hast du den Stein ins Rollen gebracht."

In meinem Gesicht muss ein großes, ungläubiges
Fragezeichen stehen. Er mustert mich misstrauisch.
„So war es doch, oder?"
„So war es", bestätige ich.
„Na eben. Deshalb werde ich dir sagen, was ich weiß."
„Ein Wunder", denke ich ergriffen. Wenn Butta einen Mord
aufzuklären hat und mir dabei ohne Grund mehr verrät als
seine Hemdengröße, dann ist das ein Wunder. Leider glaube
ich an Wunder ebenso wenig wie an Gespenster.
„Sag doch einfach, was du von mir willst", biete ich deshalb
an. „Ich kann es mir dann ja überlegen."
Er sieht so unschuldig drein wie ein neugeborenes Kind –
obwohl dieser Vergleich bei einem Zweimeterbullen mit einer
armdicken Zigarre zwischen Lippen aus dicken
Gummischläuchen ein bisschen hinkt. Aber er versucht es
jedenfalls.
„Was redest du da, ich dachte nur, es interessiert dich."
„Schon gut", lenke ich ein. „Dann sag es mir eben durch die
Blume."
Nun läuft er rot an.
„Es steht jetzt mit Sicherheit fest, dass es sich um die Leiche
von Frau Sanini handelt. Trotzdem hat das Solarium gute
Arbeit geleistet. Für uns ist es ein Glück, dass der Mörder sein
Opfer erdrosselte, bevor es auf den Grill kam. Nur deshalb
konnte der Arzt den Todeszeitpunkt halbwegs genau
bestimmen. Er legt sich auf einen Zeitraum von sechs Stunden
fest, beginnend am Freitag, zehn Uhr vormittags. Damit dürfte
auch klar sein, dass der Mord im Club begangen wurde.
Niemand hat die Frau nach ihrem Eintreffen im Club kurz vor
neun lebend gesehen. Außer dem Mörder natürlich.
Zumindest gibt es niemand zu", schränkt er weiter ein.
„Dann wird es wohl stimmen", sage ich. „Weshalb sollte
jemand, abgesehen vom Mörder, in dieser Frage lügen?"
„Da ist ein neuer Punkt aufgetaucht", erklärt Butta mürrisch,
„der einige Leute sehr schweigsam werden ließ."

Er zieht einen kleinen Notizblock aus der Schreibtischlade und wirft ihn mir zu.

„Das haben wir im Futter ihres Kleids gefunden."

Der Block enthält sechs Namen. Darunter sind in gestochen klarer Schrift verschiedene Tages-, Monats- und Jahresdaten notiert und daneben beachtliche Geldbeträge. Vier der Namen sagen mir nichts, zwei kenne ich: Malden und Sunshine.

„Was soll das denn?", erkundige ich mich.

Butta zuckt die Achseln.

„Sieht ganz so aus, als ob sich die Frau deines Klienten neben anderen extravaganten Hobbys auch mit Erpressung beschäftigte."

„Dann verstehe ich nur nicht, warum. Ihren Lebensunterhalt musste sie damit nicht verdienen."

„Vielleicht hat es ihr einfach Spaß gemacht", vermutet Butta.

„Jedenfalls liefert mir dieser Block drei Männer und drei Frauen, bei denen ich nicht lange nach einem Motiv suchen muss. Drei davon scheiden als Täter allerdings aus. Zwei befinden sich im Ausland, einer liegt mit einem gebrochenen Bein im Krankenhaus. Bleiben Malden, Sunshine und Eva Garant. Alle drei waren am Freitag im Club und hatten, neben dem Motiv, auch die Gelegenheit zum Mord."

„Aber keiner gibt ihn zu", ergänze ich scharfsinnig.

Butta nickt.

„Eva Garant hat immerhin eingestanden, dass sie erpresst wurde. Sie weigert sich aber entschieden zu sagen, weshalb. Ihr ist klar, dass sie unter Verdacht steht, aber die Freude über das Ende der Erpressung überwiegt ihre Angst bei Weitem. Ich musste bei allen Heiligen schwören, dass die Tote wirklich Lisbeth Sanini ist. Die Einzelheiten haben ihr ungeheures Vergnügen bereitet. Wenn sie ein Video vom Mord hätte, würde sie es sich jeden Abend vorm Einschlafen ansehen, sagt sie.

Bei Sunshine liegt die Sache anders. Bis ich ihm seinen Namen und die Eintragungen darunter zeigte, leugnete er überhaupt jede Verbindung zur Frau seines Partners. Dann log er kühl, er habe vergessen, dass Lisbeth sich Geld von ihm geborgt habe. Sie habe wohl notiert, wann sie es zurückzahlen wolle. Warum sich eine Frau, die reicher ist als er, etwas ausleihen sollte, erklärte er nicht. Es war ihm egal. Er machte sich nicht mal die Mühe, darüber zu lächeln. Zwei Spezialisten verhörten ihn abwechselnd zwölf Stunden lang. Dann waren sie mit den Nerven fertig. Ich ließ ihn laufen."

„Fehlt nur noch Malden", fasse ich zusammen.

An dem Knüppel in seiner Hand muss was Besonderes dran sein, denn Butta inspiziert ihn wenigstens eine Minute voll schweigender Hingabe, während ich mich zur Ablenkung mit dem Notizblock der seligen Lisbeth befasse.

„Malden ist ein Freund des Bürgermeisters", sagt er schließlich ausdruckslos. „Ein sehr guter Freund. Er steht auf dem Standpunkt, dass sehr gute Freunde des Bürgermeisters nicht erpresst werden. Ihr Name gerät nur aufgrund eines peinlichen Irrtums auf so eine Liste."

„Ich dachte, so was zieht bei euch nicht", wundere ich mich reinen Herzens. „Die Polizei ist doch das unbestechliche Werkzeug der Gerechtigkeit im Kampf gegen das Böse."

Er sieht auf. Die grünen Sprenkel in seinen Augen funkeln wie Pistaziensplitter auf Eis.

„Malden wird damit nicht durchkommen. Aber er ist nicht nur ein sehr guter Freund des Bürgermeisters, sondern der Bürgermeister auch ein sehr guter Freund des Polizeipräsidenten. Der ist der Ansicht, wir hätten genügend heiße Spuren, um die wir uns gefälligst kümmern sollten. Also kann ich im Moment nichts tun."

Er betont das ‚Ich' mehr als ausgiebig. Er stopft es aus und reitet darauf herum. Und mustert mich dabei gespannt. Ich begreife, aus welcher Richtung der Wind weht. Es ist ja nicht nur ein Lüftchen, sondern ein wahrer Orkan. Eigentlich sollte ich wortlos aufstehen und gehen. Aber ich bin furchtbar gutmütig.

„Jetzt kannst du keinen von deinen Plattfüßen auf Malden ansetzen", schließe ich.

„Nein", stöhnt er. „Ich kann und darf überhaupt niemanden auf ihn ansetzen. Schließlich war es ja ein reiner Zufall, dass sein verdammter Name im Notizblock eines Mordopfers steht. Kann ja jedem passieren, oder?"

Nun gibt er den schlauen Bullen und betrachtet träumerisch ein Fahndungsfoto an der Wand.

„Andererseits – wenn jemand ohne mein Wissen Malden auf den Zahn fühlen würde, auf eigene Faust sozusagen –, was soll ich schon dagegen tun?"

Ich nicke verständnisvoll. „Du armes Schwein könntest gar nichts tun." Er muss schon verdammt verzweifelt sein, dass er so leicht über das Schwein hinwegkommt.

„Genau", sagt er. „Aber das ist nicht alles. Die drei Erpressten sind bestimmt gute Tipps, aber theoretisch könnten auch die meisten Angestellten und beinahe jeder der anderen Gäste in den Mord verwickelt sein. Wir haben nur bis jetzt bei keinem ein konkretes Motiv gefunden, aber wir besitzen wenigstens eine vollständige Liste der Personen, die sich im Club aufhielten. Der Totenkopf im Glaskasten hat ein phänomenales Gedächtnis. Der erkennt jede Fliege wieder, die einmal bei ihm vorbeigeschwirrt ist. Wir gehen nach dieser Liste vor und versuchen auszuscheiden, wer eindeutig nicht infrage kommt. Das ist nicht so einfach. Im Club herrschte ein ständiges Kommen und Gehen und wem fällt schon auf, wenn jemand zwischendurch für zehn Minuten verschwindet?"

„Weißt du schon mehr über das Extrazimmer?", frage ich.

„Sie hat es sicher nicht nur zum Ausruhen benützt."

Er grinst bullenfröhlich.

„Die Frage danach ist einigen Herrschaften verdammt peinlich. Die kennen sich dort mit Sicherheit gut aus. Aber bisher hat es keiner zugegeben – außer Charly. Der musste die gute Stube reinigen. Die reguläre Putzfrau wurde gelb vor Ärger, weil ihr das entgangen war."

„Vielleicht ist einer der Lover beim Vergnügen mit dem Eiswürfelchen übers Ziel hinausgeschossen und danach in Panik geraten."

„Eiswürfelchen?"

„Ein Kosename."

„Ja", meint er ohne großes Interesse. „Auch das ist möglich. Es bleibt jedenfalls ein Mord, perverse Spielchen hin oder her. Aber alle Spekulationen haben einen Haken. Die drei Erpressungsopfer sind normalerweise erste Wahl. Allerdings sind sie so gut gestellt, dass sie sich den Aderlass locker leisten konnten. Es handelt sich um Leute mit einem ausgeprägten Sinn dafür, ob es sich lohnt, ein so großes Risiko einzugehen. Keiner durfte darauf bauen, dass die Erpressungen nicht entdeckt würden. Und da ist vor allem Franky Astros Verschwinden. Einer unserer Spitzel meldete, dass sich in der Unterwelt allerhand bewegt. Es gab eine Auseinandersetzung im Rotlichtviertel. Messer und Pistolen, ein Toter und zwei Schwerverletzte. Sie gehören zu den Gangs, die sich bisher brüderlich das Geschäft geteilt hatten."

„Ein Gangsterkrieg?"

„Es rundet das Bild ab. Astro war angeblich schon seit Längerem unzufrieden mit dem Stück vom Kuchen, das ihm Netto überließ. Einen Tag nach dem Mord verschwindet er plötzlich und bald darauf taucht eine Leiche auf, die Netto in Schwierigkeiten bringt. Am Tatort fanden sich keine Fingerabdrücke, abgesehen von deinen und denen von Charly. Das deutet auf einen Profi hin. Mittlerweile wissen zwar auch Amateure, worauf sie achten müssen, aber denen flattern meistens die Nerven und dann übersehen sie etwas."

„Astro ist Nettos Geschäftsführer im Club und seine rechte Hand", wende ich ein. „Er muss selbst mit Ärger rechnen."

„Ich glaube, er spielt auf Zeit. Netto hat nicht viele Freunde. Er ist mächtig, solange ihn die anderen Typen fürchten. Wenn der Leitwolf angeschlagen ist, drängeln sich die Möchtegern-Nachfolger nach vorn. Astro meint vielleicht, es reicht, wenn der Club hochgeht, garniert mit einer durchgebratenen Leiche, um seinen Boss in große Schwierigkeiten zu bringen."

Butta macht eine bedeutungsschwere Pause.

„Netto ist heute entlassen worden."

Plötzlich drückt mich die Kugel, die ich aus der Wand geholt habe.

„Hast du das nicht verhindern können?"

„Ich wollte es nicht verhindern", sagt er kalt. „Mir passt es gut ins Konzept, wenn sie sich gegenseitig umlegen. Den Rest räumen wir dann auf. Netto hat jedenfalls Blut gerochen, dafür habe ich gesorgt. Das bleibt natürlich unter uns", fügt er hinzu. „Manche Leute reagieren bei diesen Dingen zu empfindlich, ich betrachte es pragmatisch. Und wenn ich mich in Astro getäuscht habe – die anderen Typen, die für den Mord infrage kommen, laufen mir nicht davon."

Ich stecke mir eine Zigarette an.

„Vielleicht gelingt es gerade dem Mörder."

Er bedenkt mich mit einem unfreundlichen Blick.

„Ich bin sicher, dass die Gangster ihre Hand im Spiel haben, aber wir kümmern uns auch um die übrigen."

„Lisbeth Sanini war eine reiche Frau", bemerke ich. „Wer erbt ihr Vermögen?"

„Der Nervenzusammenbruch", erwidert er prompt. „Denk nicht, dass wir hier nur rumsitzen und dösen."

„Sandro Sanini. Seine Sekretärin, das Goldschöpfchen, schwört heilige Eide, dass er am Freitag sein Büro nicht verlassen habe, ehe er in ihrer Begleitung auf Geschäftsreise ging."

Butta sieht auf die Uhr.

„Einer meiner Leute sollte jetzt bei ihr sein. Ach ja …" Er tut, als wäre es ihm gerade eingefallen. „Malden betreibt in der Innenstadt eine Firma. Zumindest befinden sich dort die Büros."

Ich denke an das Versprechen, das ich Goldschöpfchen gegeben habe.

„Vielleicht besuche ich ihn gelegentlich. Nur so von Mann zu Mann. Er hat eine interessante Frau."

„Eine gute Idee", stimmt Butta zu. „Aber schreib es dir irgendwo auf: Sie stammt nicht von mir."

Er sieht wieder auf die Uhr.

„Dann ist ja alles klar. Ich hab viel zu tun."

Ich drücke meine Zigarette aus und stehe auf.

„Was habt Ihr mit Funny gemacht?"

„Funny? Wer ist das?"

„Der Pudel in der Räucherkammer."

Er betrachtet mich ungläubig.

„Ich wollte, ich hätte deine Sorgen. Wahrscheinlich hat man ihn zu den Saninis gebracht. Dort gibt es ja Leute, die sich um den Haushalt kümmern."

„Bis später", sage ich. „Ich melde mich."

Die rote Kanone

Im Zentrum unserer Stadt, nicht einmal zweihundert Meter
von der Kathedrale entfernt, stehen drei Türme aus Stahl,
Beton und Glas, ein jeder 68 Stockwerke hoch. Der mittlere
beherbergt die ‚J. Malden Großhandels-GmbH‘.
Es ist mir natürlich klar, dass mich Butta als Klinkenputzer
benutzt. Er glaubt nicht, dass ich was rausfinden werde, doch
die Gelegenheit erscheint ihm günstig, um Malden zu ärgern.
Für diese kleine Rache bin ich gut genug. Ein Kundschafter
auf vorgeschobenem Posten. Falls der auf eine Mine tritt – na
ja.
Wenn seine Pläne nicht so glasklar wären, hätte ich ihm
vielleicht erzählt, dass ich selbst noch mitspiele und mir sein
inoffizieller Auftrag gerade recht kommt. So habe ich
wenigstens von seiner Seite keine Schwierigkeiten zu
befürchten. Bei Netto bin ich mir da nicht so sicher.
Maldens Firma belegt die Etagen 21 bis 24. In der 24. residiert
er selbst. Eine als Lift getarnte Rakete befördert mich hinauf.
Im Empfangsraum thront ein resolutes, weibliches Wesen
mittleren Alters mit grellrot gefärbtem Haar und
schiefergrauen Augen. Ihre Haltung erinnert an die einer
geladenen Kanone vor dem Hauptquartier. Sie taxiert mich
sekundenschnell und kommt zum Schluss: „Vorsicht,
wahrscheinlich unerwünscht.“
Ich hole das gewinnende Lächeln für widerspenstige
Sekretärinnen aus meinem Zubehörset.
„Guten Tag. Nett haben Sie es hier.“
Es funktioniert nie.
„Was kann ich für Sie tun?“, schnarrt sie unbeeindruckt. „Sind
Sie angemeldet?“
„Nicht im Wortsinn“, gebe ich zu. „Aber Ihr Chef wird mich
sicher gern anhören. Es ist ziemlich wichtig – für ihn.“
„Herr Trankopf ist sehr beschäftigt“, erwidert sie abweisend.
„Wenn es nach mir geht, verliert er keine Sekunde seiner

kostbaren Zeit", versichere ich ihr. „Ich will nämlich mit Malden sprechen."

Sie betrachtet mich halb amüsiert, halb mit dem Interesse, das das wissenschaftlich begabte Kind einer Fliege entgegenbringt, ehe es ihr experimentell die Flügel entfernt.

„Sie wollen also auf der Stelle zu Herrn Malden, obwohl Sie nicht angemeldet sind?", vergewissert sie sich.

„Ja. Und bevor Sie mich rauswerfen, erkläre ich, dass Ihr Chef in diesem Fall das, was ich ihm zu sagen habe, den Titelseiten der Abendzeitungen entnehmen kann."

Die schiefergrauen Augen blitzen mich böse an.

„Soll ich das als Drohung auffassen?"

„Sie begreifen schnell", lobe ich. „Bevor Sie einem anderen auf den Leim gehen, erkundigen Sie sich unbedingt bei mir. Ich bewundere intelligente Frauen."

„Wie heißen Sie?", fragt sie mäßig angetan.

„Jingle Bell. Ihre Haarfarbe ist hinreißend."

Sie überlegt, ob sie mich auf eine Nadel spießen und ihrer Schmetterlingssammlung einverleiben soll, entscheidet sich aber dagegen.

„Ich werde mit Herrn Trankopf reden", sagt sie kühl. „Sie warten hier."

Sie segelt um den Schreibtisch und verschwindet im nächsten Kreis der Firma. Was sie Trankopf zu erzählen hat, will sie nicht über das Telefon erledigen. Ich sehe mich in der Zwischenzeit ein wenig um. An den Wänden hängen gemäldeartige Fotos von Obststeigen und Schreibmaschinen, rohen Schweinehälften, Herrenanzügen, Außenbordmotoren, Smartphones und Uhren. Malden muss ein tüchtiger Händler sein. Jedenfalls ein vielseitiger.

Die Rothaarige kommt rascher zurück als erwartet. Sie versucht nicht, ihre Enttäuschung zu verbergen.

„Herr Trankopf ist bereit, Sie zu empfangen. Ausnahmsweise."

Sie geht wieder in Stellung und macht die Munition scharf. Die in der Kanone, meine ich.

Im anschließenden Raum erwartet mich ein Schönling, groß und adrett, wie es sich für einen Chefsekretär gehört. Ich bin nie zuvor einem Typen begegnet, der einen Dreitagesbart trägt und dabei so rasiert aussieht.

„Guten Tag, Herr Bell", sagt er männlich fest. „Ich möchte Sie darauf hinweisen, dass es nicht den Gepflogenheiten unseres Unternehmens entspricht, unangemeldete Besucher vorzulassen. Außerdem spricht Frau Kerry sogar von einer Drohung. Ich hoffe, Sie hat sie in dieser Hinsicht falsch verstanden."

Er ist sehr zufrieden mit seiner kleinen Ansprache. Bestimmt wird er eines Tages an seiner eigenen Wichtigkeit ersticken. Ich grinse unverschämt – leichte Übung –, stecke mir ein Stäbchen an und werfe das Zündholz auf seinen knöchelhohen Teppich. Er holt tief Luft.

„Schon gut, Kleiner", komme ich ihm zuvor. „Sag Malden, ich sei der böse Geist von Lisbeth Sanini. Und sag ihm auch, dass ich es eilig habe."

Er verschluckt fast seinen Adamsapfel vor gerechter Empörung. Dann vergleicht er meine Muskelausstattung mit seiner eigenen und überlegt, ob er es riskieren kann, mich hinauszuwerfen. Er zieht den richtigen Schluss.

Rot wie ein gekochter Krebs tappt er Schritt für Schritt nach hinten, bis er eine weitere Tür erreicht. Er öffnet sie, gleitet durch und schließt sie mit Nachdruck.

Eine Minute lang passiert nichts. Jetzt kommt es darauf an, wie sicher Malden sich fühlt. Vielleicht ruft er in diesem Moment ein paar Möbelpacker zu Hilfe und ich würde rascher als geplant wieder auf der Straße stehen. Doch nichts dergleichen geschieht. Trankopf tritt wieder ein.

„Kommen Sie, Bell. Falls das überhaupt Ihr richtiger Name ist."

Mich schaudert vor seiner geballten Missbilligung, aber als ich an ihm vorübergehe und leise knurre, weicht er ängstlich zurück.

Malden hockt hinter einem überladenen Schreibtisch und sieht mir entgegen. Sein Gesicht ist immer noch lehmfarben und die Augen sitzen tief in den Höhlen. Aber diesmal ist sein Blick nicht teilnahmslos, sondern voller Härte, gemischt mit wütender Nervosität. Mir fällt das Rauschgift ein, das sie im Club gefunden haben. Sein Gedächtnis ist jedenfalls so schlecht, dass er vergisst, mir einen Stuhl anzubieten. Ich nehme mir trotzdem einen.

„Erinnern Sie sich?", frage ich. „Wir sind uns gestern im Eden-Club begegnet. Sie waren in Begleitung Ihrer Gattin, der Offenherzigen."

Er ignoriert meine Frage.

„Was wollen Sie? Was soll das Gerede von Lisbeth Saninis bösem Geist? Ich kenne die Frau kaum."

„Das ist schade", bedauere ich. „Nun lässt es sich nicht mehr ändern, wie Sie wissen. Seltsam nur, dass Lisbeth Sie sehr gut kannte."

„Sparen Sie sich die Andeutungen und reden Sie geradeheraus", befiehlt er schroff.

„Wie Sie wollen. Glauben Sie ernsthaft, dass die Sache mit ihrem Tod erledigt ist? Haben die Bullen Ihnen nicht Lisbeths Aufzeichnungen gezeigt? Vielleicht haben Sie nur eine Menge riskiert und alles verloren."

Seine Nasenspitze wird weiß.

„Falls Sie annehmen, ich hätte mit ihrem Tod etwas zu tun, dann liegen Sie völlig falsch. Ich verabscheue Gewalt."

„Lobenswert", sage ich. „Die Bullen haben Ihnen Lisbeths Liste gezeigt und Sie haben auf stur geschaltet. Bei denen funktioniert das, wenn man gute Beziehungen hat. Aber vielleicht kommen ja wir miteinander ins Geschäft."

„Ich weiß nichts über diese Liste", erwidert er heiser. „Und meine Geschäftspartner suche ich mir selbst aus."

Ich lache ihm ins Gesicht.

„Sie können es darauf ankommen lassen. Ich hole mir eine Kopie und erkläre Ihnen, was die Einträge bedeuten. Am besten, wir verbinden es mit einer Pressekonferenz. Das spart uns viel Zeit."

Seine Hände flattern und er bemüht sich, das zu verbergen, und ich weiß, dass er bei Weitem nicht so hart ist, wie er selbst denkt. Wahrscheinlich haben die Drogen seine Nerven längst weichgespült.

„Nochmals", knirscht er. „Was wollen Sie? Geld?"

„Nur ein paar Auskünfte. Sonst nichts. Und bevor Sie ablehnen: Mir sind Ihre Beziehungen völlig schnuppe."

Zwischen seine Lippen passt nicht mal mehr eine Rasierklinge.

„Fragen Sie."

„Sie waren am Freitag im Club?"

„Ja. Das ist ohnehin bekannt."

„Haben Sie Lisbeth Sanini getroffen?"

„Nein. Ich wich ihr aus, so gut es ging."

„Aber ab und zu ging es nicht", erinnere ich ihn. „Schließlich mussten Sie die Zahlungen persönlich abliefern."

„Ja, verdammt noch mal", faucht er. „Aber nicht an jenem Tag."

„Gerade am Freitag", widerspreche ich. „Frau Sanini war eine sehr ordentliche Buchführerin. Nach ihrem System war es Ihr Zahltag."

„Mag schon sein, aber ich habe sie nicht angetroffen."

„Waren Sie bestellt?"

„Um zwei Uhr nachmittags."

„Und?"

„Ich ging zu ihrer Kabine, dort stand schon Sunshine. Ihn hatte sie ja auch am Haken. Er sagte, ich brauche mich nicht zu bemühen, die Türe sei abgesperrt. Ich habe es später noch zweimal versucht, ohne Erfolg."

„Woher wussten Sie, dass Sunshine auch erpresst wurde?"

„Von ihr selbst", erklärt er verbittert. „Es machte ihr Spaß, ihre Opfer miteinander bekannt zu machen."

„Wer garantiert mir", überlege ich, „dass Sie mir das nicht nur aufbinden, um den Verdacht von sich auf Sunshine zu lenken?"

„Ich weiß noch nicht einmal, wer Sie eigentlich sind", faucht er. „Aber ich habe Ihnen die Wahrheit gesagt, weil ich Sie für den gleichen Aasgeier halte, wie diese Frau es war."

Für mich klingt es glaubhaft. Er besitzt nicht den Mumm, um einen Mord zu planen oder einen Totschlag zu vertuschen. Ich stehe auf.

„Vielleicht treffen wir uns bald wieder. Ehrlich gesagt: Ich hoffe, es ist nicht nötig."

Um seine Beherrschung ist es geschehen. Er springt auf.

„Was geschieht mit den Notizen?"

„Keine Ahnung. Sie glauben doch nicht, dass die Bullen sie einfach herausrücken? Na ja, vielleicht doch. Wenn Sie ordentlich Druck machen …"

Wütend starrt er mir nach. Ich gehe zur Tür und stoße sie heftig auf. Trankopf taumelt durch das angrenzende Zimmer und hält sich die schmerzende Wange. Meine Stimmung wird immer besser.

„Wie machen Sie es beim Diktat, mein Sohn?", frage ich. „Sitzen Sie auf seinem Schoß?"

Er wird tatsächlich rot. Beschwingt gehe ich durch das Vorzimmer und werfe der Rothaarigen einen Kuss zu.

„Vergessen Sie mich nicht, mein Engel. Ich träume von Ihnen."

Auch sie sieht mir wortlos nach. Aber nicht wütend oder perplex wie ihre Chefs, sondern wie ein gereizter Alligator, der seine Leibspeise ziehen lassen muss.

Es fliegt, es fliegt – die Zungenspitze

In einer nahen Bar stoße ich auf meinen bescheidenen Erfolg
an und spendiere mir einige Brötchen. Ich habe es nicht eilig,
Butta zu verständigen. Er ist sehr beschäftigt und will
bestimmt nicht gestört werden. In der Zwischenzeit kann ich
es bei Sunshine versuchen. Leicht möglich, dass ihn die
Notizen des seligen Eiswürfelchens, richtig eingesetzt, ebenso
gesprächig machen wie Opferkollege Malden.
Ich versuche es zuerst bei ‚Sanini & Sunshine'. Dort meldet
sich niemand. Ich finde Sunshines Privatanschluss. Eine
blasse, müde Frauenstimme sagt, dass ihr Gatte nicht zu
Hause sei und sie auch nicht wisse, wo er sich momentan
aufhalte oder wann er zurückkehren würde.
„Dann möchte ich mit Ihnen sprechen", erkläre ich. „Aber
nicht am Telefon. Darf ich zu Ihnen kommen? Es dauert nicht
lange."
Sie zögert.
„Sind Sie von der Polizei?"
„Hat man sich noch nicht bei Ihnen gemeldet?", weiche ich
aus.
Ihre Stimme wird noch müder.
„Nein. Aber Sie haben meinen Mann doch schon mehr als
zwölf Stunden verhört. Er hat bestimmt nichts mit dem Mord
zu tun. Er kannte Frau Sanini ja nur oberflächlich."
„Gerade in dem Zusammenhang sind einige Fragen offen."
„Na gut", resigniert sie. „Aber nicht hier. Die Nachbarn reden
schon genug."
Aufgrund meiner Erscheinung und meines Geschmacks bin
ich daran gewöhnt, Gesprächsstoff zu liefern. Aber wenn sie
das nicht mag …
„Ganz wie Sie wollen", meine ich. „Schlagen Sie einen
Treffpunkt vor."
Wir einigen uns auf ein Kaffeehaus in der Innenstadt.
Sunshines Frau verspricht, in einer halben Stunde dort zu sein.
Ich rufe Goldschöpfchen an. Sie klingt mitgenommen. Als der

Kriminalbeamte an ihrer Tür geklingelt hat, sei sie nur rasch in ihr Negligé geschlüpft. Das sei ein Fehler gewesen, erzählt sie mir. Zumindest führt sie es darauf zurück, dass sie jede seiner Fragen dreimal beantworten musste und er sein Hemd besabberte, weil ihm das Wasser aus dem Mund lief. Es dauerte mehr als eine Stunde.

Er wollte alles Mögliche wissen über Sanini, Sunshine, ihre Frauen, wie die alle zueinanderstanden, ob sie Kassa Netto kannte, welche Freunde Frau Sanini hatte und ob sie ein Alibi angeben konnte.

„Kennst du Kassa Netto?", werfe ich überrascht ein.

„Oberflächlich", erwidert sie. „Lisbeth hat ihn mir vorgestellt. Ich begleitete sie einmal zu ihrem Friseur, weil sie ihm meine Haare zeigen wollte. Wir begegneten Netto auf der Straße. Sie sagte, er sei der Besitzer des Eden-Clubs. Das Gespräch dauerte keine Minute."

„Was hat ihr Friseur zu deinem Haar gesagt?"

„Meinst du das im Ernst?", fragt sie beleidigt.

„Nein", gebe ich zu. „Es ist einfach perfekt. Willst du später ein bisschen mit mir rausfahren? Ich kenne ein nettes Restaurant am Stadtrand."

„Furchtbar gern, Jingle. Welches?"

„Das Bingo. Wann soll ich dich abholen?"

„Treffen wir uns doch einfach dort", schlägt sie vor. „Ich fahre ganz gern mal selbst."

„Sag bloß, dir gehört eine der Luxuskarossen vor eurem Büro?", frage ich neidisch. Sie lacht.

„Leider nicht. Vorne dürfen nur die Chefs parken. Der Rost der Angestellten steht hinter dem Haus, wo er nicht so unangenehm auffällt. Ist dir fünf Uhr recht?"

„Mir ist alles recht, wenn ich dich bald wiedersehe", gestehe ich. Sie lacht nochmals, schickt einen Kuss durch die Leitung und legt auf. Der Barkeeper beobachtet mich voller Interesse und schüttelt den Kopf.

„Mann, dich hat es aber erwischt", bemerkt er.

„Wie kommst du darauf?", erkundige ich mich.

Er poliert entschlossen die Theke.

„Na, wenn einer drei Minuten lang mit dem Handy schmust, obwohl sein Täubchen längst aufgelegt hat, dann hat es ihn erwischt."

Ich spüre die Hitze im Gesicht und stecke schnell das Smartphone weg. Dann sehe ich auf die Uhr, werfe etwas Geld neben mein Glas, murmle, dass ich es eilig habe und mache, dass ich rauskomme.

Auf der gegenüberliegenden Straßenseite verschwindet ein Typ so rasch in einer Toreinfahrt, dass ich ihn trotz meiner Verwirrung nicht übersehen kann. Er trägt einen Dreitagesbart und wirkt dennoch ungeheuer rasiert. Wenn Malden mir in Vollbesitz seiner geistigen Kräfte ausgerechnet Trankopf als Schatten nachschickt, ist es um diese geistigen Kräfte nicht gut bestellt.

Langsam spaziere ich zu meinem Wagen. Ich lasse mir so viel Zeit beim Aufsperren, bis ich den Sekretär endlich mit seinem eigenen Fahrzeug daherrollen sehe. Ganz unauffällig bleibt er einen Meter hinter mir in zweiter Spur stehen. Das wütende Hupen der Fahrer in seinem Rücken ist ihm egal. Als ich ausparke, setzt er rasch eine dunkel verspiegelte Sonnenbrille auf, die Gläser handtellergroß. Ich fahre einige Minuten ziellos durch die Gegend und er klebt an meiner Stoßstange, als wären wir durch ein Zweimeterabschleppseil aneinandergefesselt. Malden muss wirklich sehr neugierig sein. Mittlerweile habe ich es aber tatsächlich eilig, wenn ich Sunshines Frau rechtzeitig treffen will.

Im Rückspiegel beobachte ich meinen Schatten. Er umklammert das Lenkrad wie eine letzte Hoffnung und vor lauter Konzentration ragt seine Zungenspitze eine Elle weit aus seinem Mund. Ich hätte ihm gern gesagt, wie gefährlich das ist, aber dazu gibt es leider keine Gelegenheit mehr.

Seit einiger Zeit bummle ich mit etwa dreißig Sachen dahin. Hinter uns hat sich eine Schlange von ungeduldigen Fahrzeugen gebildet, da schaltet in hundert Metern Entfernung eine Ampel auf Grün. Ich beschleunige den Käfer, so gut es geht. Trankopf verliert etliche Wagenlängen, ehe er mit der Meute im Nacken aufholt. Die Ampel zeigt nach wie vor Grün und alle haben es eilig. Kurz vor der Kreuzung trete ich voll auf die Bremse und sehe von da an nur noch in den Rückspiegel. Schleudernd kommt der Wagen meines Verfolgers näher. Im letzten Moment beschleunige ich wieder und lenke aus dem Gefahrenbereich, Trankopf und die Nachkommenden haben keine Chance.

Mindestens drei von ihnen knallen in rascher Folge gegen meinen Verfolger. In Trankopfs Wagen fliegt ein kleines Stückchen rosarotes Fleisch an die Windschutzscheibe. Autotüren krachen und laute Stimmen fluchen wütend. Maldens Sekretär wird jetzt einiges zu erklären haben und das ist nicht einfach, wenn man von einer Sekunde zur anderen einen Sprachfehler hat. Ich schüttle den Kopf und mache mich auf den Weg in die Innenstadt. Trotzdem bin ich guter Laune, als ich das Kaffeehaus ansteuere. Am Lokal liegt es nicht. Es ist kühl, durch die dunkel getönten Scheiben fällt nur wenig Licht und das Publikum ist so munter wie das in den Kühlkästen der städtischen Leichenhalle. Von den zwei Dutzend Marmortischchen sind nur drei besetzt. Zwei Schwestern von Methusalem unterhalten sich mit gedämpften Stimmen, während ihre Großväter vor dem Problem stehen, eine Schachpartie noch zu Lebzeiten zu beenden. Meiner Ansicht nach hätten sie schneller spielen sollen. In der entferntesten Ecke sitzt eine blonde mollige Frau vor einem Fingerhut voll Kaffee und blickt mir feindselig entgegen. Ich gehe zu ihr, frage, ob sie die Angetraute von Sunshine sei, und setze mich, als sie nickt. Sie wirkt müde wie eine Frau, die viel und vergeblich wartet, und auch genauso aggressiv. Dabei verstehe ich jeden Mann, der sie viel und vergeblich warten lässt.

„Sie sind nicht von der Polizei", stellt sie nach einem langen Blick auf mich böse fest.

„Das habe ich nie behauptet."

„Darauf kommt es nicht an. Sie haben mich angelogen, damit ich hierherkomme und Sie mich ausfragen können."

„Ja", gebe ich zu, „Ich gestehe."

Das ist nicht besonders lustig, aber ihr Humor liegt ohnehin vergessen in einer alten Kommode.

„Was sind Sie? Journalist? Sie sind ganz bestimmt so ein mieser Typ von der Klatschpresse. Warum wollen Sie meinem Mann schaden? Hat man Ihnen dafür Geld gegeben?"

„Privatdetektiv. Nein. Will ich nicht. Schön wäre es."

„Was soll das?", faucht sie. „Können Sie nicht in ganzen Sätzen reden?"

„Doch", gebe ich zurück. „Ich habe Ihre Fragen beantwortet."

Ein Kellner im verstaubten Frack tritt an unseren Tisch. Für ein prähistorisches Fossil befindet er sich in den besten Jahren. Whisky hat er nicht, auch kein Bier oder sonst was Trinkbares. Er hat Kaffee in Fingerhüten und einen Hörapparat. Ich nehme den Hörapparat mit wenig Zucker und entlasse ihn taub in seine Höhle.

„Beruhigen Sie sich, Frau Sunshine", sage ich mit meiner warmen Beruhigungsstimme. „Ich will Ihrem Gatten nicht schaden. Ich will nur herausfinden, wer Frau Sanini getötet hat. Deshalb möchte ich Ihren Mann sprechen und dazu muss ich wissen, wo er sich aufhält."

Sie ballt die Fäuste um den Griff ihrer Handtasche und zerrt daran wie ein Yeti an den Käfigstäben.

„Ich weiß nicht, wo er ist", stößt sie hervor und lässt die Tasche am Leben. „Ich weiß viel zu oft nicht, wo er ist."

„Aber Ihnen ist bekannt, dass Frau Sanini im Eden-Club ermordet wurde und Ihr Mann ebenfalls Mitglied dieses Clubs ist. Ich muss ihn wirklich dringend sehen."

„Ich weiß nicht, wo er ist", wiederholt sie stur.

„Sie haben doch eine Vermutung", bohre ich weiter. Ihr Blick wird ausdruckslos und frisst sich immer tiefer in die Tischplatte. Die Pause streckt sich über Minuten. Und wenn ich sage, sie streckt sich, dann meine ich das so. Ich mache mir Sorgen, dass plötzlich irgendetwas in ihrem Inneren reißt,

denn sie ist sichtlich nahe daran. Aber dann beginnt sie zu
sprechen.

„Er hat eine Freundin. Irgendein billiges Flittchen, das jüngere
Beine und Brüste hat und ihn um den Verstand bringt. Er
vergnügt sich dreimal die Woche mit ihr. Und wenn er zur
Abwechslung nach Hause kommt, bin ich für ihn ein Stück
dicke Luft."

Dick stimmt.

„Geben Sie mir ihre Adresse", bitte ich.

„Wenn ich die wüsste", entgegnet sie schrill vor Zorn, „dann
wäre ich dort längst aufgetaucht und hätte der Hure gesagt,
was ich von ihr halte. Und dann hätte ich sie skalpiert."

Ich glaube ihr aufs Wort.

„Wussten Sie, dass Ihr Mann von Lisbeth Sanini erpresst
wurde?", frage ich beiläufig. Ihre Augen lösen sich vom Tisch
und wandern hoch wie Algen in trübem Wasser.

„Was wollen Sie damit andeuten?"

Ich hebe die Achseln und bemühe mich um eine unschuldige
Stimme. „Das ergibt ein schönes Motiv. Immerhin war er
freitags im Club. Dafür gibt es Zeugen."

Mit einem Ruck steht sie auf und packt ihre arme Tasche.

„Ich muss verrückt gewesen sein, mit Ihnen zu reden." Sie
funkelt mich an. „Sie Mistkerl!"

Sie wirbelt herum und verlässt im Schnellschritt das Café.
Bestimmt hat sie es ihrem Hartholz-Typen nie leicht gemacht.
Trotzdem ringt sie mir ein Gefühl zwischen Mitleid und
Achtung ab. Feig ist sie nicht.

Ich spucke den Hörapparat wieder aus und folge ihr langsam.

„Zu süß", gebe ich dem Kellner zu verstehen, aber er hört
mich nicht. Die Großväter sitzen noch immer regungslos vor
derselben Stellung ihrer Schachpartie. Ich trete ganz sachte
auf, damit sie nicht meinetwegen zu Staub zerfallen.

Auf meiner Uhr ist es zehn vor drei. Viel zu früh für
Goldschöpfchen. Ich bummle eine Weile durch die Straßen.
Von Trankopf ist weit und breit nichts zu sehen. Ich finde nur
einen Grund, warum Malden dieses Naturtalent auf mich

angesetzt haben mag. Er glaubt tatsächlich, ich käme an Lisbeths Mörder ran, und will das – warum auch immer – um keinen Preis verpassen. In der Eile ist ihm nichts Besseres eingefallen, als mir seinen Sekretär an die Fersen zu heften. Ich hoffe, sie nähen ihm die Zunge wieder an – mit guten, festen Seemannsknoten. Wer weiß, sonst verliert er womöglich seinen Job. Aber das wäre Malden wohl zu riskant. Womöglich übernimmt Trankopf dann Eiswürfelchens Methoden.

Ich wälze noch einen anderen Gedanken im Kopf, den ich gleich überprüfen will. Diesmal halte ich mich nicht mit Anrufen auf, sondern fahre direkt zu Dr. med. Astases Privatklinik. Es nützt nicht viel. Die höchste Autorität, die sich mit mir abgibt, ist ein junger Pfleger. Er versichert, dass es Sanini gut gehe, nur stünde er ständig unter Beruhigungsmitteln. Es habe gar keinen Sinn, ihn zu besuchen. Ob die Polizei Verständnis dafür aufbringe, weiß er nicht. Bis jetzt habe niemand den Patienten belästigt.

Anschließend fahre ich zu Saninis Villa. Sie ist groß und protzig. Ein verstörtes Hausmädchen erklärt mir unter Tränen, dass sie nichts mehr im Leben verstünde, und ich glaube ihr. Funny springt laut bellend herum und das Mädchen will von mir wissen, wann der Herr wieder zurückkomme, der Hund sei doppelt unglücklich, wenn nun weder Frau Sanini noch er hier seien. Ich finde nicht, dass er unglücklich wirkt, und wenn ich an Eiswürfelchen und ihren Gatten denke, fällt mir die Vorstellung doppelt schwer. Mir fehlt die Lust, den Pudel oder das Mädchen oder beide zu trösten, außerdem ist es Zeit zum Aufbruch.

Ich kaufe eine Flasche zur Entspannung und ziehe los. Eine wie Goldschöpfchen lässt man nicht warten. Nicht am zweiten Tag. Die Sonne brennt mit voller Kraft auf das Blech des Käfers. In unseren Breiten sind die Sommer sehr warm, später würde ich erfahren, dass es der heißeste Tag des Jahres werden sollte. Ich suche ein bisschen Linderung und unterhalte mich mit der Flasche, bis wenigstens sie mir alles gesagt hat.

Die Straße zu unserem Rendezvous-Lokal führt am Ufer des Monakreer Sees entlang. Wenn Wind herrscht, bläst er etwas von der Frische des Wassers ins Land. Heute ist es vollkommen windstill.

Kurz vor dem Bingo überholt mich laut hupend ein kleiner Lancia. Die wehende Mähne des Goldschöpfchens und ihre Hand winken aus dem offenen Verdeck. Sie wartet auf dem Parkplatz, bis ich neben ihr halte.

„Netter Rost", bemerke ich. „So einen hätte ich auch gern." Sie antwortet nicht, sondern dreht sich schwungvoll um die eigene Achse.

„Gefalle ich dir?", fragt sie.

Und ob sie mir gefällt. Sie trägt ein dünnes, helles Sommerkleid, das die Figur betont und ihre Beine richtig zur Geltung bringt. So wie sie aussieht, kann sie die Gedanken eingefleischter Junggesellen auf gefährliche Bahnen lenken. Ich sage ihr das. Sie lächelt ein wenig irritiert und lässt es dabei bewenden.

Wir nehmen einen Tisch im schattigen Teil der Terrasse und bestellen gekühlte Krabbencocktails und trockenen Weißwein. Dann plaudern wir eine Weile von allerlei belanglosen Dingen, bis wir auf ihre Arbeit zu sprechen kommen. Das erinnert sie an die Ereignisse des Vortags und sie will wissen, ob ich etwas Neues herausbekommen habe. Ich erzähle von Buttas Verdacht und seiner Jagd auf Kassa Netto und Franky Astro. Das fesselt sie umso mehr, als sie Netto ja persönlich kennt.

„Sunshine wurde vom Eiswürfelchen erpresst", füge ich hinzu. Ihre hinreißenden blauen Augen starren mich an.

„Unmöglich!", sagt sie.

„Ich bin sicher", widerspreche ich. „Ich habe auch eine Vorstellung, weshalb. Denk einmal nach, ob dir was aufgefallen ist. Immerhin ist er einer deiner Chefs."

„Ich habe dir doch erzählt, dass ich kaum mit ihm zu tun

habe." Sie bricht ab, überlegt und runzelt die Stirn. „Denkst du an ein Mädchen?"

„Ja."

„Da könnte was dran sein", murmelt sie. „Ich sah ihn einmal zusammen mit einer Frau. Es war nicht seine Frau."

Sie zögert wieder und ich warte geduldig.

„Ich hätte mir nichts dabei gedacht, wenn es nicht in der Gerbergasse gewesen wäre. Es war mir ein Rätsel, was er in dieser Gegend tat."

„Was hast du dort gemacht?", erkundige ich mich.

Sie wird rot bis unter den Haaransatz und blitzt mich böse an. „Ich bin dort jedenfalls noch nie aus dem Auto gestiegen!"

„Wo war das? Es ist eine lange Gasse."

„Das weiß ich nicht genau. Er ging mit ihr in ein hässliches gelbes Haus mit einer großen lindgrünen Aufschrift. Die Frau war hübsch. Der dunkle, rassige Typ. Aber um einige Zentimeter zu mollig", schränkt sie sachlich ein.

„Dunkler, rassiger Typ. Und du hast nicht sofort Verdacht geschöpft?", frage ich ungläubig.

„Nicht sofort. Erst einige Tage danach. Ich erwähnte nebenhin, dass ich ihn gesehen habe. Ich verstand es als Spaß, weil die Straße ja nicht so einen tollen Ruf hat. Er begann zu stottern und verschwand in seinem Büro. Da dachte ich mir: hoppla!"

„Hat das jemand mitgekriegt?", frage ich gespannt.

„Natürlich nicht, sonst hätte ich mir keinen Scherz erlaubt – ich habe danach auch keinen mehr versucht. Wir waren damals allein im Vorzimmer. Die Tür zu Saninis Büro ist immer geschlossen. Und schalldicht."

„Wohl damit sie sich nicht grüßen müssen?"

„Fehlanzeige", bescheidet sie mich. „Zu jener Zeit vertrugen sie sich noch ganz gut."

„Wie lange ist das her?"

„Etwa ein Jahr", meint sie nach einiger Überlegung.

„Und seither streiten sie miteinander?", forsche ich weiter.

Goldschöpfchen betrachtet mich überrascht.

„Du glaubst, da besteht ein Zusammenhang?"

„Keine Ahnung", gebe ich zu. „Immerhin wäre es möglich."
Genauso ist es möglich, denke ich, dass Sanini von den
Erpressungen seiner Frau wusste oder sogar ihr Komplize
war. Vielleicht ist die Gegensprechanlage damals in Betrieb
gewesen und er hat mitgehört. Natürlich kann Eiswürfelchen
den Tipp auch von anderer Seite erhalten haben. Allein der
Umstand, dass Sunshine von der Frau seines Partners erpresst
wurde, könnte die Missstimmung zwischen ihnen erklären.
Zeitlich spricht aber vieles für die erste Variante. Auch der
Beginn der Erpressung. Ich behalte das für mich, denn
Goldschöpfchen scheint die Angelegenheit an die Nieren zu
gehen und ich will nicht, dass sie sich verplaudert. Jedenfalls
höchste Zeit, Sunshine aufzustöbern.

Als habe sie meine Gedanken gelesen, sieht sie auf die Uhr
und lächelt beinahe verlegen.

„Tut mir leid, Jingle. Ich habe noch was vor. Wir sollten jetzt
besser gehen."

Mir fällt der Anzug ein, der in ihrem Schrank hängt und der
ihr bestimmt nicht passt, aber ich sage nichts. Träumende
Junggesellen sollten sich betrinken und alle Dummheiten der
Welt vergessen.

Auf dem Parkplatz hält sie mich an der Schulter zurück.

„Was hast du jetzt vor?"

„Ich werde mich nochmals im Club umsehen", erwidere ich
fröhlicher, als ich mich fühle. „Aber erst, wenn es kühler
wird."

Sie lächelt.

„Pass gut auf dich auf. Denk an Butta und an Kassa Netto.
Und Franky Astro läuft auch noch herum."

Ich gebe ihr einen Kuss und hoffe, es würde nicht der letzte
sein. Als ich mich beim Einsteigen umwende, ist das Lächeln
aus ihren Augen verschwunden.

Heiße Nacht

In meiner Wohnung in Tantchens Haus steige ich unter die
Dusche und versuche den klebrigen Schweiß loszuwerden,
aber schon beim Abtrocknen bildet sich ein neuer feuchter
Film auf der Haut. Das Wetter scheint auch Heinrich VIII.
zuzusetzen. Er stelzt unruhig durch die Gegend, ignoriert
mich und miaut klagend. Ich gebe ihm Futter, doch er
beachtet es nicht. Achselzuckend genehmige ich mir eine
doppelte Portion und plane meine nächsten Schritte. Einer
davon heißt Sunshine, das liegt auf der Hand. Ich greife nach
dem Glas, doch ein böses Knurren stoppt mich. Heinrich VIII.
springt in hohem Bogen auf meinen Schoß und steckt die
Schnauze gierig in meinen Whisky. Daher stammt also seine
Unruhe. Ich fluche erbittert, aber das hindert ihn nicht daran,
die Brühe wie ein geeichter Säufer bis auf den letzten Tropfen
auszuschlürfen. Danach torkelt er von meinen Beinen und
sinkt zufrieden in seinen Korb.
Der Fall, an dem ich seit mehr als 24 Stunden nichts verdiene,
hat mir nun neben einer zerbrochenen Flasche und einem
ruinierten Stuhl auch noch einen schnurrenden Alkoholiker
beschert. Es ist hoch an der Zeit, dass sich was tut.
Aber das Schicksal ist dagegen. Wo ich es auch probiere,
Sunshine scheint wie vom Erdboden verschluckt. Meine letzte
Chance ist das gelbe Haus in der Gerbergasse, das mit der
grünen Aufschrift. Wahrscheinlich hat man es in der
Zwischenzeit renoviert, grüble ich düster, oder abgerissen. Ich
hebe es mir für später auf. Zuvor will ich in den Club, aber
nicht durch den Haupteingang. Und nicht bei Tageslicht.
Draußen dämmert es, ohne dass die Hitze nachlässt. In einer
Stunde würde es stockdunkel sein – es ist Neumond. Das
frische Hemd klebt auf meiner Haut. Angewidert werfe ich
mich aufs Sofa und schlafe ein.
Das Poltern an der Tür hätte Christus im Grab einen Tag
früher auferweckt. Irgendein Verrückter trommelt mit beiden
Fäusten gegen das altersschwache Holz. Ich rapple mich auf,

fühle das harte Geschoss in meiner Hosentasche und nehme
die kleine Pistole aus der Schublade, ehe ich zum Eingang
laufe und die Tür aufreiße. Im Hintergrund schnarcht
Tantchen vor dem Fernseher. Eine massige Gestalt stürzt in
unseren Vorraum. Ich schlage ihr den Kolben auf die Nase,
ohne mich vorzustellen. An so einem Tag hat mir
überraschender Besuch gerade noch gefehlt. Die Gestalt wälzt
sich auf dem Boden und stöhnt. Sie trägt die Uniform der
Verkehrspolizei. Butta tritt aus dem Dunkel der Straße und
funkelt mich wütend an.
„Bist du übergeschnappt?", faucht er. „Oder begrüßt du
neuerdings alle Gäste auf diese Art?"
Ich bin nicht in der Stimmung für Scherze.
„Ich hab niemanden eingeladen", knurre ich. „Schon gar
niemanden, der mir gleich zum Einstand die Tür einschlägt."
„Wir warten seit fünf Minuten", verteidigt er sich halbherzig.
„Ich war beinahe auf eine weitere Leiche gefasst."
Er meint damit mich und scheint sich mit dem Gedanken
rasch anzufreunden.
„Ich habe geschlafen", erkläre ich. „Was wollt ihr?"
„Können wir rein?"
„Die Frage kommt verspätet", sage ich grollend. „Tretet ein,
fühlt euch wie zu Hause."
Der Uniformierte kommt wieder auf die Beine und reibt seine
Nase. Sie beginnt stark anzuschwellen, das versöhnt mich ein
wenig. Ich geleite sie in mein Wohnzimmer und biete
Getränke an. Also genau ein Getränk pro Mann. Die Flasche
behalte ich in Reichweite. Sie setzen sich auf das Sofa, ich
wähle den Stuhl und verdecke so das Loch in der Polsterung.
Das bewahrt mich vor dummen Fragen, die ich nicht
beantworten will.
„Willi wurde ermordet", sagt Butta düster und sieht mich an,
als wäre ich für alles Schlechte auf der Welt verantwortlich.
Ich muss mein Gedächtnis anstrengen, um zu erraten, wen er
meint. Dann schießt es mir ein wie Edelsprit: Willi war der

Trauerkloß im Glaskasten des Clubs. Derjenige, der sogar alle Fliegen am Gesicht erkannte.

„Interessant", bemerke ich schließlich, weil beide darauf warten.

„Zwischen zwei und drei Uhr nachmittags, niemand hat etwas gesehen. Es ist zum Verrücktwerden."

Butta stöhnt und kippt meinen kostbaren Stoff hinunter, als wäre es weiches Wasser.

„War ein verdrehter Kerl", fährt er fort. „Lebte in einer Holzhütte am Rand des Müllabladeplatzes. Dort gefiel es ihm am besten."

„Ist ja klar, dass er nicht viele Nachbarn hatte, die etwas bemerkten", macht sich der mit der geschwollenen Nase wichtig. Butta betrachtet ihn wie ein wertloses Spielzeug, an dem er aus unerfindlichen Gründen hängt. Aber nicht allzu sehr.

„Du kommst später dran", sagt er sanft. Dann schwenkt er wieder zu mir. „Eine Sattlerahle steckte in seinem Hals. Er ist flott verblutet."

„Wirklich interessant", wiederhole ich mich. „Gibt es eine Verbindung zum Mord am Eiswürfelchen?"

Der große Bulle hebt die Schultern.

„Liegt jedenfalls nahe."

Ich nicke und überlege, warum er mir das alles erzählt. Bevor er weiterspricht, hält er mir das leere Glas entgegen und wartet, bis ich nachgeschenkt habe.

„Meiner Ansicht nach gibt es zwei Erklärungsansätze für diese Tat. Entweder nahm ihm einer seiner Chefs übel, dass er bei uns so gesprächig war", Butta lässt sich Zeit für einen großen Schluck, „oder er war gar nicht so gesprächig. Vielleicht wurde er dafür bezahlt, dass er uns nicht alles sagte. Und irgendwer wollte sicherstellen, dass es dabei bleibt."

Wir schweigen eine Weile, während ich mir das durch den Kopf gehen lasse.

„Es gibt noch eine Möglichkeit. Der Name des Mörders steht auf deiner Liste und er merkt, dass es eng wird für ihn. Von

seinem Standpunkt aus ist es nur vernünftig, den Täterkreis zu erweitern. Deshalb tötet er den Burschen mit dem phänomenalen Gedächtnis, weil er weiß, dass sofort der Verdacht auftauchen würde, Willi hätte etwas verschwiegen."
Der Uniformierte glotzt gekonnt ins Leere und Butta starrt mich an.

„Du meinst, er ersticht einen Unbeteiligten, um von seiner Spur abzulenken? Eine Art taktischer Mord?"

„Ein Bauernopfer", stimme ich zu. „Warum nicht?"

„Ja", erwidert Butta gedankenvoll. „Warum nicht? So was hat es schon gegeben. Allerdings glaube ich nicht daran", fährt er tief durchatmend fort. „Abgesehen davon, dass für mich nach wie vor Astro der Favorit ist, hat niemand von den übrigen einen Grund, sich besonders bedroht zu fühlen. Ich habe nämlich noch nie so viele Leute auf einmal getroffen, die entweder nicht wissen, was sie zu diesem oder jenem Zeitpunkt getan haben, oder es zumindest nicht beweisen können. Auch ohne den Mord an Willi müssen wir weit mehr mögliche Täter im Auge behalten als uns lieb ist."
Ich wechsele das Thema.

„Gibt es Fingerabdrücke auf der Ahle?"

„Hältst du mich für blöd?"

Eine direkte Antwort scheint mir nicht angebracht.

„Was treibt Kassa Netto?"

Er mustert finster Heinrich VIII., der leise zu schnarchen begonnen hat.

„Netto ist uns entwischt. Von Astro gibt es keine Spur. Sogar Sunshine ist unerreichbar, oder untergetaucht, das kann ich noch nicht sagen."

Das laute Gähnen des Verkehrsbullen bringt ihn auf andere Gedanken. Er nimmt mich voll ins Visier.

„Du hast dir bestimmt schon ausgerechnet, dass ich nicht nur gekommen bin, um dir von dem Mord zu erzählen. Was hast du bei Malden erreicht? Du wolltest dich bei mir melden."

„Nicht mehr als erwartet", sage ich zweideutig. Er fasst es in seinem Sinn auf und nickt.

„Also nichts."

Dann gibt er dem Uniformierten einen Wink.

„Jetzt bist du dran."

Der Knabe räuspert sich wichtig. Ich habe so eine Vorahnung, die sich gleich bestätigen sollte.

„Fahren Sie einen blauen Käfer?", fragt er.

„Momentan nicht", erwidere ich. „Aber er steht vor dem Haus."

Er mustert mich böse, damit ich Angst bekomme.

„Heute am frühen Nachmittag ist ein ziemlich schlimmer Auffahrunfall passiert. In Summe etliche blaue Flecken, eine abgebissene Zunge und vier beschädigte Autos."

Er macht eine Pause, weil er irgendwo gelesen hat, dass das die Spannung steigert. Da ich nicht gleich in Tränen ausbreche, spielt er mit grimmigem Lächeln seine nächste Karte.

„Ein Augenzeuge beschwört, dass der Fahrer eines antiken blauen Käfers den Unfall verursacht hat. Er machte grundlos vor einer grünen Ampel eine Notbremsung. Dann beschleunigte er und verließ laut lachend den Unfallort. Die Beschreibung passt genau auf Sie."

„Und das will ein Augenzeuge alles gesehen haben?", frage ich skeptisch. Butta ist der Szene ausdruckslos gefolgt. Jetzt überzieht ein breites Grinsen sein Gesicht.

„Das reicht", bestimmt er. „Die Zunge von Maldens Sekretär ist wieder, wo sie hingehört, den Rest erledigen die Versicherungen. Wir werden den Fall zu den Akten legen."

Er steht auf.

„Wir verstehen uns, Bell. Du hast mir einen Gefallen getan und ich habe mich revanchiert. Wir sind quitt. Von nun an hältst du dich raus, klar?"

„Nicht ganz", berichtige ich kühl. „Du schuldest mir ein Steak."

„Das bekommst du bei Gelegenheit", lügt er. „Gehen wir, ich habe zu tun."

Der Uniformierte sieht ihn an und versteht die Welt nicht mehr.

„Kommissar", jammert er. „Ich habe einen Augenzeugen und er einen blauen Käfer. Wieso versuchen wir nicht eine Gegenüberstellung?"

Butta ist schon auf dem Weg hinaus.

„Ich erklär's dir später", sagt er über die Schulter hinweg.

„Wer weiß, vielleicht ist dein Zeuge kurzsichtig."

Der Polyp betastet seinen aufgedunsenen Kolben und starrt mich hasserfüllt an. Ich lächle aufmunternd.

„Sieh es positiv, Mann. Zeig dich im Profil. Keiner darf mehr sagen, du hättest nicht die Nase vorn."

Er stößt einen Fluch aus und stapft wütend hinaus. Ich schließe sorgfältig die Tür hinter ihm, schenke mein Glas voll und trete neben das Fenster. Drückend warme Luft strömt in den Raum, obwohl die Nacht längst hereingebrochen ist. Eine Nacht, kurz vor einem Sommergewitter, wie geschaffen für Herzinfarkte und Irrsinnstaten. Ruhige, gesetzte Leute erschlagen andere Leute, nette Frauen erschießen ihre Nachbarn, Selbstmörder springen von Türmen und Brücken. Eine Nacht, in der vernünftige Menschen eine Flasche Schnaps kippen und sich schlafen legen, ohne weiter nachzudenken.

Eine Nacht, in der ich genau das tun würde, wenn nicht irgendjemand das Eiswürfelchen geschmort hätte und mir so viel Verstand geblieben wäre, um Buttas Rat zu folgen und mich aus der Sache herauszuhalten.

Ich stecke die kleine Kanone in die Tasche und mache mich auf den Weg. Die Schwüle erdrückt sogar den Verkehr und lässt die wenigen Autos dahinkriechen wie müde Schnecken. Nach einer Viertelstunde in meiner fahrbaren Sauna rolle ich am Eden-Club vorüber. Seine Fassade ist dunkel wie das Hintere vom Mond und ich überlege, ob es sich wirklich lohnt, in dieser Drecksnacht einem Hirngespinst nachzujagen. Aber lächerlich mache ich mich seit eineinhalb Tagen, da kommt es nicht mehr darauf an.

In einer Seitengasse stelle ich den Käfer ab und schlendere die Mauer entlang, die das Clubgebäude von der Außenwelt trennt. Sie ist zweieinhalb Meter hoch und auf der Krone glänzt spitzes Metall. Fast genau gegenüber der hinteren Front des Clubhauses finde ich, was ich suche: eine beschädigte Stelle. Ein Ziegel ist herausgebrochen und hat eine Lücke hinterlassen. Ich benutze sie als Stufe, erreiche die Kante und ziehe mich hoch. Die eingelassenen Spitzen geben prima Griffe ab. Ich halte mich an ihnen fest und lasse mich an der anderen Seite hinunter. Nun stehe ich auf dem Rasen und orientiere mich, so gut das in der Finsternis möglich ist. Rechter Hand liegt der Mini-Ozean plus Zubehör, links schlucken Bäume das wenige Licht, das von der Straße eindringt. Geradeaus bildet die Silhouette des Clubgebäudes einen finsteren Block. Doch aus einem der Fenster im Erdgeschoss schimmert Licht. Ich habe nur sehr oberflächliche Vorstellungen von meinem Vorgehen mitgebracht. Die Möglichkeit, hier jemandem zu begegnen, war darin nicht enthalten gewesen. Die Bullen haben den Club fürs Erste dichtgemacht. Ich kann mir keinen vernünftigen Grund denken, warum Butta einen Posten zurücklassen sollte. Leise schleiche ich näher. Als ich das Gebäude erreicht habe, taste ich mich in Richtung des erleuchteten Vierecks vor. Wie die Dinge liegen, kann mich bei dieser Dunkelheit ohnehin kein Mensch sehen. Denke ich. Ein bösartiges Zischen hinter mir belehrt mich eines Besseren. Aber das hilft nichts mehr. Ein mittlerer Meteor fällt mir auf den Kopf und löscht mein Denken aus.

Lange schwebe ich durchs All und zähle die Sterne. Hin und wieder durchquere ich einen nassen, kalten Nebel. Ich wäre diesen Nebeln gerne ausgewichen, aber die Steuerung versagt. „Nur Mut, Raumfahrer", sagt eine Stimme aus den Abgründen der Welt. Dann erscheint eine Hand und ohrfeigt mich. Ich will mich wehren, doch meine Arme sind wie gelähmt und gehorchen mir nicht.

„Aufhören!", schreie ich wütend.

Der Teufel persönlich lacht hämisch. Die Sterne verblassen, ich öffne die Augen. Das Erste, was ich sehe, ist eine große, behaarte Pranke, die mich im Gesicht trifft. Es brennt, kann aber nicht den pulsenden Schmerz im Hinterkopf verdrängen.

„He!", grunzt jemand neben mir. „Er springt schon wieder an, muss einen mordsdicken Schädel haben."

„Dein Glück", sagt ein anderer. „Sonst hättest du ihn gleich in die Grube begleiten können. Gib ihm noch ne Dusche, damit er wieder klar sieht."

Im nächsten Moment kommt mir auch schon ein kalter Wasserfall entgegen und holt mich ins Diesseits zurück. Durch die ablaufenden Fluten erkenne ich zwei grinsende Missgeburten mit flachen Gesichtern, groß wie Elefanten, aber mit dem Intellekt von Eintagsfliegen am frühen Morgen. Ein schmaler Kerl mit dem Habitus eines ungesunden Nagetiers komplettiert das Trio. Ich kenne ihn. Es ist das Rattengesicht aus Jonas Kneipe.

„Hol Kassa", quiekt er mit seiner Rattenstimme. Offenbar spielt er den Anführer dieser Prachtstücke, weil er bis fünf oder sechs zählen kann.

Eine der beiden Missgeburten knurrt zustimmend und verschwindet aus meinem Blickfeld, die andere verdreht ihre Augen und bohrt in der Nase. Mir bleiben einige Sekunden, um meine Situation zu checken. Ich sitze auf einem Stuhl, und damit ich sitzen bleibe, haben sie straffen Draht um mich gewickelt. Die Bewegungsfreiheit meines Kopfs ist auch stark eingeschränkt. Außer den Herzchen, die mich bewachen, sehe ich lediglich nackte Betonwände und eine lose baumelnde Glühbirne. Meine Aufpasser schweigen, ich schließe mich gerne an. Von hinten nähern sich die Schritte zweier Männer. Kassa Netto taucht von rechts in mein Blickfeld und grinst zufrieden. Ohne ein Wort zu verlieren, beugt er sich vor und schlägt mir hart ins Gesicht.

„Das war ich dir schuldig, Papagei", erklärt er mir. Heute verunreinigt er die Umwelt im schwarzen Anzug mit einer Fliege am Hals. So ähnlich mag er bei Begräbnissen auftauchen. Dieser Gedanke hat ohne Zweifel etwas Beunruhigendes an sich, umso mehr, als mir der Aufwand für vier Ohrfeigen übertrieben groß erscheint. Netto bestätigt das prompt.

„Wir sind noch nicht quitt", sagt er. „Und weil du so verdammt schlau bist, weißt du bestimmt auch warum." Ich schwöre mir insgeheim, Butta nie wieder zum Essen einzuladen. „Irgendjemand musste die Leiche ja finden", sage ich.

Er gestattet sich einen Anflug von Heiterkeit. Man kann sich das vorstellen wie das fröhliche Grinsen eines weißen Hais, der gerade entdeckt, dass du im gleichen Becken schwimmst wie er.

„Wirklich ein Unglück, dass gerade du es warst. Vielleicht ist dir vor Kurzem eine schwarze Katze über den Weg gelaufen." Seine Züge verhärten sich wieder.

„Du bekommst noch eine Chance. Eine 24-Stunden-Chance. Finde den Mörder von Lisbeth Sanini und bring ihn der Polizei. Die Bullen suchen Astro und wirbeln dabei viel Staub auf. Das stört mich. Noch dazu, da ich genau weiß, dass Franky mit dem Mord nichts zu tun hat."

Er lacht ohne ein Fünkchen Humor.

„Dreht ihn um."

Die Missgeburten packen leichthändig meinen Sessel und schwenken ihn um 180 Grad. Dann setzen sie mich wieder ab. Ich sehe erneut nackte Betonwände, aber auch zwei Türen und einen Mann, der auf dem Boden liegt und nie wieder Schmerzen haben wird. Er hat vor seinem Tod mehr als genug davon gehabt. Man erkennt ihn kaum. Es dauert eine Weile, bis ich begreife, dass weder Butta noch sonst ein Mensch von Franky Astro eine Auskunft bekommen wird. Jetzt nicht mehr, Astro ist selbst für eine Leiche überdurchschnittlich tot.

„Die Bullen glauben, Astro hätte sie geröstet, um mir was anzuhängen", meint Netto ungerührt. „Aber er war es nicht, das steht fest. Er war zwar ein mieser verlogener Schweinehund, aber er hat sie nicht umgebracht."

Er geht zu dem Toten, versetzt ihm einen Tritt und spricht so gelassen weiter wie der Vortragende beim Seminar der Briefmarkensammler.

„Franky fand lediglich die Leiche, weil er eine feine Nase besaß und sie gern überall reinsteckte. In dem Moment ist in seinem wirren, kleinen Hirn ein Rad gebrochen. Dachte, das wäre eine gute Gelegenheit, mich aus dem Sattel zu werfen. Er wollte mich einige Zeit aus dem Spiel nehmen und ein paar andere Stummelschwänze überreden, die Seiten zu wechseln. Damit der Köder nicht zu schnell gefunden wird, hat der Idiot alles sauber gewischt und sich dann dünngemacht. Dadurch ist die Sache erst ins Rollen gekommen."

Er gibt der Leiche noch einen Tritt. Verständlich. Wenn Franky richtig reagiert hätte, wäre Eiswürfelchen spurlos in einem See verschwunden und alles liefe weiter wie bisher. Ich kämpfe gegen die kleinen Artisten, die auf meinen Stimmbändern tanzen und versuchen, sie aus dem Gleichgewicht zu bringen.

„Bist du sicher?"

Das Rattengesicht kichert und Netto bedenkt mich mit einem verächtlichen Blick.

„Du glaubst nicht, Papagei, wie ehrlich die Leute werden, wenn sie langsam sterben und das auch wissen."

In meinem Magen arbeitet ein Kühlaggregat und ich wäre gern irgendwo anders gewesen. Zehntausend Kilometer woanders, egal in welcher Richtung. Habe ich Angst? Verdammt, ja! Netto darf mich gar nicht laufen lassen. Ich habe Frankys Leiche gesehen und werde seine Mörder belasten, solange ich lebe. Aller Voraussicht nach also keine 24 Stunden. Er liest meine Gedanken und bleckt die Zähne.

„Du wirst schon nicht plaudern, Papagei. Dafür haben wir gesorgt."

Er gibt einem der Gorillas einen Wink. Die Missgeburt setzt sich in Bewegung und öffnet die linke Tür. Dahinter befindet sich noch ein erleuchtetes Kellerabteil. In dem Teil, den ich einsehe, steht lediglich ein Holzgestell mit einer Matratze drauf. Der Anblick schnürt mir die Kehle zu. Nicht der von der Matratze. Aber sie haben Goldschöpfchen darauf gebunden. Ihre Arme und Beine bilden ein großes X. Sie trägt ein Kleid, das fast bis zu den Hüften hochgerutscht ist. Man braucht nicht viel Fantasie, um sich auszumalen, was sie darunter nicht anhat. Ihr Gesicht glänzt wächsern. Ich kann nicht erkennen, ob sie bei Bewusstsein ist.

„Sie bleibt hier, bis du zurückkommst", sagt Netto. „Wenn du nicht zurückkommst, denk an Franky. Aber wir werden viel mehr Spaß mit ihr haben."

„Was ist, wenn ich den Mörder nicht finde?", krächze ich. „24 Stunden sind verdammt kurz."

Seine Miene verrät kein Spurenelement an Mitgefühl.

„Dann kannst du zeigen, wie lange du mit zwei freien Armen ein Betonfass für drei Personen über Wasser halten kannst. Ich schau dir zu dabei."

Die Missgeburten lachen, als wäre es der beste Witz seit Jahren.

„24 Stunden", betont Netto. „Keine Minute länger."

Er geht in den Nebenraum und stellt sich ans Bett.

„Mach dir nur Sorgen, Papagei. Uns wird nicht langweilig, wenn du zu spät kommst."

Seine Hand streicht langsam ihren Schenkel hoch. Das Goldschöpfchen windet sich unter der Berührung und stöhnt auf. Ich zerre vergeblich an den Fesseln und belege ihn mit allen Namen, die er verdient. Dann merke ich, dass ihm das Spaß macht und höre auf. Goldschöpfchen stöhnt noch einmal, Netto zieht seine Hand zurück und lacht mich breit und gemein an.

„Vergiss es nicht, Papagei. 24 Stunden. Danach geht das Vergnügen los. Und lass dir keine Heldentaten einfallen. Wenn du's doch tust, garantiere ich dir, dass sie stirbt."

Ich bemühe mich um einen klaren Gedanken.

„Angenommen, ich schaffe es. Was passiert dann?"

Er sieht mich undurchdringlich an.

„Bring das Schwein zu den Polypen. Das erfahre ich am

schnellsten. Nachher ruf ich dich an und du kannst sie
abholen, wo ich es dir sage. Wenn du jemals ein Wort über
das da verlierst", er deutet auf Frankys Reste, „passiert dir das
Gleiche wie ihm."
Plötzlich hält er ein Messer in der Hand, dreht sich um und
schlitzt Goldschöpfchens Kleid mit einem einzigen sauberen
Schnitt auf. Sie liegt da in ihrer prächtigen Nacktheit und ich
wundere mich noch, dass das Rattengesicht verschämt zur
Seite sieht. Dann trifft mich der Meteor ein zweites Mal.

Da capo

Das Erwachen aus so einer Gewaltnarkose ist nicht angenehm. Es wird nicht besser, wenn man es kurz hintereinander wiederholt.

Ich sitze im letzten einer langen Reihe leerer grauer Wagen, die über eine staubige Schotterpiste mit unzähligen Schlaglöchern rasen. Die Erschütterungen verursachen einen Schmerz, der sich in die Wurzel jedes einzelnen Zahns streckt, scharfkantig in die Trommelfelle sticht, die Augen aus ihren Höhlen schält und wie ein Tornado unter meiner Schädeldecke tobt. Langsam zerfließen die vorausfahrenden Wagen zu blassen Schatten und lösen sich auf. Ich jage allein dahin. Aber nicht lange. Riesige Ameisen tauchen auf und drohen, meinen Weg zu verlegen. Sie haben diese riesigen Zangen dabei, mit denen sie alles zerlegen, nicht zuletzt Käfer. Eine dieser Zangen packt uns und schneidet Streifen von meinem treuen Automobil. Ich werfe mich zur Seite und schlage mit dem Kopf gegen den Griff der Beifahrertür.

Ich treffe ihn mit einer meiner neuen Beulen. Dieser Schmerz weckt mich endgültig. Im schwachen Schein einer Laterne erkenne ich das Armaturenbrett meines Käfers. Wenn man es so nennen will. Es besitzt nicht einmal eine Benzinuhr.

Ich bleibe einfach eine Weile liegen und begreife, dass ein Teil des Prasselns und der Blitze nicht aus meinem Kopf kommt, sondern aus den guten alten Wolken weit darüber, die sich gewaltig entladen. Ein Schluck aus der Notfallflasche hilft mir auf. Ich kurble die Scheibe runter und stecke meinen malträtierten Schädel raus. Eine Wohltat. Ich nehme noch einen Schluck und starte den Käfer. Sie haben mich in einen Vorort verfrachtet, warum auch immer. Als ob es darauf ankäme, wo ich damit anfinge, die verdammte Bande mit Stumpf und Stiel auszurotten.

Langsam fahre ich in die Stadt zurück und versuche meine Gedanken zu ordnen. Die Erinnerung an Goldschöpfchen in den Händen von Kassa Netto und Konsorten macht es mir nicht leichter.

Wie ist der Gangster auf die Idee gekommen, sie zu kidnappen? Weshalb soll ausgerechnet ich einen Mörder schnappen, den jede Menge Bullen vergeblich suchen?

Gut, das ist nicht von der Hand zu weisen. Woher hat er gewusst, dass ich den Club aufsuchen würde? Stück für Stück reime ich mir eine Erklärung zusammen. Netto ist offenbar gut informiert über Buttas Ermittlungen. Die Richtung passt ihm gar nicht. Er weiß, dass weder seine Organisation noch Astro mit dem Mord zu tun haben. Jedenfalls glaubt er das. Folglich will er vermeiden, dass noch mehr Porzellan zerschlagen wird. Und wenn, dann nicht sein Porzellan. Zu diesem Zweck muss der richtige Mörder her. Das würde den Bullen den Wind aus den Segeln nehmen. Seine eigene Bewegungsfreiheit ist gleich null, also braucht er jemanden, der für ihn den Killer findet. Dieser jemand bin ich! Nachdem er davon ausgeht, dass ich den Job nicht freiwillig übernehme, benötigt er ein Druckmittel.

Der Schuss durch mein Fenster hat nicht viel zu bedeuten. Eine Mahnung auf Gangsterart. Eine dezente Erinnerung. Bitte, Sir, meine Karte.

Das Rattengesicht liefert ihm eine bessere Idee. Es muss mich erkannt haben, als wir in Jonas Kneipe saßen.

Falls Netto seine Leute auf mich angesetzt hat, erriet der Typ ganz leicht, dass mir an Goldschöpfchen mehr liegt als an einer Dose Bohnen. Der Rest ist Kombination. Jedenfalls kann Netto nur von ihr erfahren haben, dass ich heute Nacht in den Club wollte. Das heißt, die Dreckskerle haben sie unter Druck gesetzt. Ich knirsche mit den Zähnen, höre aber gleich auf, als ich die Auswirkungen in meinem dröhnenden Kopf spüre.

Ein anderer Punkt macht mir auch Sorgen. Natürlich hat Netto gelogen, als er versprach, uns nach der Klärung des Mordes am Eiswürfelchen in Ruhe zu lassen. Allein deshalb, weil er weiß, dass ich ihn nicht in Ruhe lassen werde. Sowie

Goldschöpfchen in Sicherheit wäre, würde die Jagd auf ihn beginnen. Also wird er uns töten, egal was ich herausbekomme.

Andererseits bleibt mir nichts anderes übrig, als weiterzumachen, weil ich keine Ahnung habe, wo sich sein Versteck befindet. Im Club, wo sie auf mich gelauert haben? In gewisser Weise ein idealer Unterschlupf. Der letzte Ort der Stadt – abgesehen vom Knast –, wo Butta suchen würde. Mir gefällt die Vorstellung, später mal in der Polizeikantine diese Geschichte zu erzählen.

Der Käfer findet den Heimweg fast von allein. Das ist ja nichts Neues für ihn. Als ich Tantchens Haus betrete, steht der kleine Zeiger der Wanduhr genau auf fünf nach drei. Ungefähr um halb elf hatte ich mich über die Mauer gezogen und der Auftritt mit Netto kann nicht länger als zwanzig Minuten gedauert haben. Den Rest der Zeit war ich bewusstlos gewesen. Vorsichtig gehe ich die Treppe hinauf. Am besten ist es, den Kopf so wenig wie möglich zu bewegen.

Deshalb trinke ich die scharfe Medizin in einem einzigen langen Zug, um unnötige Erschütterungen zu vermeiden. Dann bemühe ich mich ins Bad und betrachte mein bleiches Gesicht. Eine leichte Schwellung am rechten Backenknochen ist das Einzige, was mich von meinem Idealzustand unterscheidet. Rein optisch, denn das Haar am Hinterkopf ist klebrig und meine Hand blutverschmiert, als ich darüberstreiche. Und in mir sieht es auch nicht rosig aus. Ich stecke den Kopf unter die Dusche und bleibe so lange darunter, bis das ablaufende Wasser beinahe farblos ist.

Im Zimmer hängen kalter Rauch und verbrauchte Luft. Plötzlich wird mir furchtbar übel. Es kommt in mehreren Wellen und dauert lange. Dann fühle ich mich müde und hilflos. Im Eiskasten finde ich ein Sandwich von vorgestern. Ich esse mit kleinen Bissen und spüle es mit einem Bier weg. Nach einigen Minuten geht es mir besser.

Die Pistole haben sie mir abgenommen und vergessen

wiederzugeben. Ich nehme den großkalibrigen Revolver und lade ihn mit den abgeflachten Patronen, deren Spitzen mit einer gekreuzten Einkerbung versehen sind. Nichts Religiöses, ein schlichtes Kreuz. Man kann damit auf 50 Meter eine Kuh tranchieren. Zur Sicherheit stecke ich auch eine Taschenflasche ein. So ausgerüstet mache ich mich auf den Weg.

Ich atme tief durch. Zum ersten Mal seit vielen Stunden habe ich ein Erfolgserlebnis, wenn mein Erfolg auch nur darin besteht, dass noch niemand das hässliche Haus in der Gerbergasse abgerissen oder renoviert hat. Die grüne Leuchtschrift – das, was von ihr übrig ist – weist auf ein Geschäft hin, das es nicht mehr gibt. Es ist auch keine Leuchtschrift mehr, die Fragmente schimmern schwach im Widerschein einer Laterne.

Am Eingang fehlen die Namen der Mieter ebenso wie das Türschloss. Die Schnalle fühlt sich so schmierig an, als wäre sie die Geliebte eines Butterbrots. Immerhin funktioniert die Stiegenhausbeleuchtung. Ich gehe zur nächstbesten Wohnungstür, suche vergeblich eine Klingel und beginne regelmäßig und hartnäckig zu klopfen. Überraschend schnell öffnet sich die Tür einen Spaltbreit. Die Augen eines toten Karpfens blinzeln mir entgegen. Sie gehören einem Mann. „Ja?", fragt er heiser.

„Ich brauche eine Auskunft."

Er will die Tür wieder schließen, aber ich drücke sie ohne Schwierigkeiten auf. In ängstlicher Haltung, bereit, beim geringsten Anlass davonzuspringen, steht eine klapprige Figur vor mir. Sie trägt einen grauen Stoppelbart und ein großes Frotteetuch mit zackig ausgeschnittenen Armlöchern und einem Stück Segeltau um die Mitte, das alles zusammenhält. Der Mann strömt einen durchdringenden Geruch aus – so, als ob er in Fusel gebadet hätte, und gleichzeitig so, als ob er nie badete. Mein Magen macht einen kleinen Sprung.

Ich ziehe die Taschenflasche heraus und schwenke sie

117

einladend vor seinem Gesicht. Ihr Etikett hat längst nichts mehr mit dem Inhalt zu tun, aber das kann er nicht wissen.

„Es wird nicht lange dauern", verspreche ich. „Ich brauche wirklich nur eine Auskunft."

Er ist Feuer und Flamme, führt mich zu einem vergammelten Sofa und besteht darauf, dass ich mich setze. Die ganze Wohnung besteht nur aus einem Zimmer, einer Prise Küche und einem Klo. Türen hat es entweder nie gegeben, oder sie sind herausgerissen worden. Einige Plastikflaschen stehen herum, die aus einer Farbenhandlung stammen und Spiritus enthalten. An der dem Sofa gegenüberliegenden Wand türmt sich ein tischhoher Scherbenhaufen. Es stinkt nach alter Wäsche, Schimmel, Schweiß und billigem Alkohol. Mein Magen macht wieder einen Sprung. Immerhin ist er noch ziemlich geschwächt.

„Moment", nuschelt die Frotteefigur, die auf nackten Füßen in ihrem Müll steht. „Ich suche Gläser."

Er tut wirklich so, als ob er suchte, und wühlt ein bisschen im Abfall, aber nicht allzu ernsthaft. Viel zu schnell für einen, der noch Hoffnung hat, wendet er sich ab und zuckt bedauernd mit den Schultern.

„Sind mir ausgegangen, Boss. Aber wenn's Ihnen nichts macht ..." Seine Hand greift gierig nach der Flasche. Ich gebe sie ihm und beschließe spontan, sie nicht mehr mitzunehmen. Er setzt an und lässt den Schnaps, ohne zu schlucken, durch die Kehle rinnen. Alter und neuer Schweiß glitzert zwischen den Bartstoppeln. Plötzlich entsinnt er sich seiner Gastgeberpflichten, reißt widerwillig die Flasche von den Lippen und streckt sie mir entgegen. Ich nehme sie, verzichte aber darauf zu trinken. Das registriert er mit großer Befriedigung.

„Sie sind ein Gentleman, Boss", stellt er anerkennend fest.

„Sie haben es nicht nötig, einem durstigen Freund etwas wegzutrinken. Sagen Sie ruhig, was Sie von mir wollen. Ich bin selbst ein Gentleman und werde Sie nicht belügen."

Ich deute eine Verbeugung an.

„Du kennst bestimmt alle Parteien, die in deinem Haus wohnen?"

Er nickt entzückt.

„Mein Haus! Ja, natürlich. Ich kenne alle. Wen suchen Sie denn?"

„Eine junge Dame. Dunkler Typ, sehr hübsch."

Ein verschmitztes Grinsen stiehlt sich in sein Gesicht und er schmatzt wie einer, der sich daran erinnert, dass er mal Appetit gehabt hat.

„Ne Superpuppe", sagt er gentlemanlike. „Ist mir ein Rätsel, wie es die hierher verschlagen hat. Könnte sich jeden Mann angeln, den sie haben will."

Das alte Misstrauen erwacht wieder.

„Was wollen Sie eigentlich von der? Sie sind nicht ihr Kavalier."

Ich lasse die Flasche lose zwischen Daumen und Zeigefinger baumeln. Sein Blick fällt darauf und klebt daran fest.

„Welcher Kavalier?"

Langsam werden seine Züge leer.

„Kenn seinen Namen nicht. Netter Herr, sehr elegant. Begleitet sie fast jeden Tag heim und leistet ihr Gesellschaft."

Er kichert in einem Tonfall, in dem ein Kleinkind weint.

„Vielleicht ist es nicht immer derselbe Herr. Trotzdem – netter Herr, nette Karre, nettes Trinkgeld – wenn er mich sieht."

Plötzlich beginnt er zu lachen und kleine Stücke Erbrochenes fallen aus seinem Mund, direkt vor seine nackten Füße.

„Er sieht mich immer", wiehert er.

„Welche Tür?", frage ich und stehe auf.

Er betrachtet nachdenklich den Dreck auf dem Boden und sieht mich finster an.

„34. 34, du Arschloch. Wieso versaust du meine Wohnung, hä?"

Es ist, als ob eine ferne Wut aus anderen Zeiten in die Gegenwart greift und seine Angst besiegt. Aber wahrscheinlich ist es nur das Delirium.

Ich lege die Flasche auf das Sofa und gehe Nummer 34 suchen. Das führt mich bis in den dritten Stock. Eine Bemerkung des Gentleman-Frotteeträgers geht mir nicht aus dem Kopf. Er hat gesagt, die Superpuppe werde fast jeden Tag begleitet – nur vielleicht nicht immer von demselben Mann. Eigentlich sollte er wissen, ob es immer derselbe ist, schließlich stellt das Trinkgeld sein regelmäßiges Einkommen dar. Leider habe ich nicht nachgehakt.

Auf dem Flur der dritten Etage stehen allerlei nützliche Dinge: ein Fahrrad ohne Räder und Kette, ein Kinderwagen mit himmelblauem Baldachin, einige Packen alter Zeitungen, der Drahteinsatz eines Bettes und zwei volle Mistkübel – eine Umgebung wie geschaffen für ein Liebesnest. Namenschilder sind nicht gebräuchlich. Neben Tür 34 ziert ein Graffito die Wand. Es zeigt ein Herz, in dem ein Pfeil steckt. Nur, dass Herz und Pfeil unübersehbar den menschlichen Geschlechtsorganen nachgebildet sind. Den primären – damit kein Missverständnis aufkommt. Ich horche an der Tür und öffne dann das Schloss mit einer Karte, die ich für solche Gelegenheiten bereithalte. Meiner Kreditkarte. Für was anderes taugt sie schon lange nicht mehr. Ich trete ein und lasse den Schnapper leise einrasten. Nach einer Minute haben sich meine Augen so weit an die Dunkelheit gewöhnt, dass ich drei Türen erkenne, die aus dem Vorraum führen. Ich packe den Revolver mit der Rechten und öffne sie sehr vorsichtig der Reihe nach. Die ersten beiden führen in Küche und Bad. Beide teuer eingerichtet und blitzblank. Wie auf Samtpfoten schleiche ich durch die dritte. Links bauscht sich die Morgendämmerung in wehenden Vorhängen. Ein breites Bett steht vor dem Fenster und zwei Menschen flüstern miteinander. In dem Haus wird wenig geschlafen. Ich taste nach dem Lichtschalter.

„Zärtlichkeit ist mir unendlich wichtig", flüstert eben eine der Stimmen. Ziemlich banal für die späte Stunde.

Ich drücke den Schalter und sage laut: „Nur Geld ist wichtiger."

Sie fahren hoch und starren mich an. Die Frau stößt einen
Schreckenslaut aus und zieht ein Leintuch über ihre Brüste.
Sunshine sitzt ohne Anzug da, öffnet den Mund und behält ihn
offen. Das Liebesnest ist klein, aber fein möbliert. Ein nobel
eingerichtetes Wohnschlafzimmer enthält alles, was man zum
Leben so braucht: eine Bar, einen Fernseher und ein schönes
großes Bett. Ich wackle eine Weile mit dem Revolver, bis sie
ihn endlich bemerken. So sehr fasziniert sie meine
Erscheinung. Sunshines Mund klappt zu. In seinen Augen
erscheint kalte Wut.
„Ich kenne Sie", faucht er. „Wer schickt Sie? Mein Partner
oder meine Frau?"
„Wie kommen Sie auf Ihren Partner?", erkundige ich mich
überrascht.
„Also meine Frau", schließt er befriedigt. „Jetzt ist das Maß
voll."
Dann kommt ihm ein neuer Gedanke.
„Wenn Sie im Auftrag meiner Frau handeln, was hatten Sie
dann im Büro verloren?"
„Hören Sie mir zu", sage ich geduldig. „Raten können Sie
später, in der Zelle wird die Zeit ohnehin lang."
„Sie werden das bestimmt wissen", entgegnet er gehässig.
Da mischt sich die Schönheit ein. Sie ist wirklich schön und
ich finde sie auch nicht zu mollig.
„Warum reden Sie von einer Zelle?", fragt sie ängstlich. In
der Aufregung bedenkt sie nicht, dass auch Leintücher der
Schwerkraft unterworfen sind. Wenn sie mich ablenken will,
gelingt ihr das verdammt gut. Doch plötzlich sehe ich
Goldschöpfchen vor mir und Kassa Nettos dreckiges Grinsen
und ich verlagere alle Härte in meine Stimme.
„Dein Freund hat eine Erpresserin umgebracht", erkläre ich
ihr. „Fass es ruhig als Kompliment auf, wenn ich vermute,
dass du der Grund für die Erpressung warst."
Sunshine will aufspringen, aber sie hält ihn zurück.
„Nicht!", sagt sie hastig. „Sonst erschießt er dich noch."

„Da hast du recht", bestätige ich missmutig. „Heute bin ich in der Laune dazu."

„Sie sind verrückt", kläfft Sunshine. „Ich wurde nie erpresst!"

„Natürlich wurden Sie das", widerspreche ich. „Und Sie waren im Club."

Er setzt ein verstocktes Gesicht auf, aber so zäh, wie Butta behauptet hat, ist er nicht. Vielleicht liegt es an der Tageszeit oder der speziellen Situation, an meinem bösen Blick oder einfach an der Kanone, die ich auf seinen Kopf richte. Ja! Das ist es wohl. Nicht zu vergessen dieses einzigartige Geräusch, das ein Hahn beim Spannen macht. Jedenfalls dauert es kaum 30 Sekunden, bis das Hartholz weich wird wie ein Frühstücksei.

„Viele waren im Club. Ich habe aber schon der Polizei gesagt, dass ich nicht einmal in die Nähe des Tatorts kam."

„Das war ein Fehler", verrate ich ihm. „Ein guter Freund hat Sie an der Tür gesehen. Einer, für den Freitag auch Zahltag war."

„Dieser Schlappschwanz!", flucht er, ganz distinguierter Börsenmakler. „Wie können Sie dem Kokser glauben?"

Ich lächle schmutzig wie eine politische Blitzkarriere.

„Ihnen vielleicht?"

Die Schönheit blitzt mich an.

„Selbst wenn er vor der Tür gesehen wurde, ist das noch lange kein Beweis, dass er die Frau auch getötet hat."

Ich mag sie. Ihn mag ich nicht.

„Warum streitet dein Herzchen dann alles ab und erzählt nicht, wie es wirklich war?"

„Ich war dort", sagt er plötzlich resignierend. „Aber ich war nicht in der Kabine. Sie hatte abgesperrt."

Sie streicht sanft über seine Schulter. Sanft und leintuchfrei.

„Was wolltest du von ihr?"

„Zahlen. Der Mann hat recht. Sie erpresste mich."

Ich ziehe den Revolver zurück. In ihren Augen steigt Angst auf, die farblich gut zur draußen aufsteigenden Dämmerung passt.

„Was taten Sie, als niemand öffnete?", frage ich.
„Ich versuchte es ein zweites Mal. Wieder ohne Erfolg. Dann ging ich. Hierher."
„Sie müssen mitkommen", sage ich. „Ziehen Sie sich an."
Dann kommt mir der erste gute Gedanke seit drei Tagen.
„Eine Möglichkeit gibt es noch."
Ich wende mich an die Schönheit.
„Kann ich dich alleine sprechen, ohne dass er ausreißt?"
Sie sieht mich voll abgrundtiefer Verachtung an, dann reckt sie ihre Brüste und erwidert steif: „Warum nicht? Sperr ihn ins Bad. Es hat kein Fenster."
„Es ist nicht, wie du meinst", erläutere ich blutenden Herzens.
„Ich will wirklich nur mit dir reden."
Sunshine trottet mit hängendem Kopf ins Bad. Seinen teuren Anzug schleift er hintennach. Vom abgebrühten Börsenmakler ist keine Spur mehr zu erkennen. Er wackelt nicht mal mit den Ohren, als ich den Schlüssel innen abziehe und ihn einschließe.
„Kann er uns hören?", frage ich im Schlafzimmer.
Ihre Stimme klingt fest.
„Mach die Tür zu. Was willst du wissen?"
Das Mädchen hat mehr Verstand als drei Waggons voll Börsenmaklern, sie begreift, wann es an der Zeit ist zu reden, und als sie redet, kommt Klartext heraus. Es dauert kaum fünf Minuten, da schließe ich das Badezimmer schon wieder auf.
Sunshine kauert auf dem Deckel der Klomuschel und sieht mich fragend an.
„Müssen wir gehen?"
„Ja", sage ich.
Er wirft nicht einmal einen Blick ins Schlafzimmer, als wir die Wohnung verlassen. Ich weiß nicht, was er denkt, und das ist gut für ihn. Sonst hätte er nämlich die Stabilität seiner Nase mit der meines Revolverlaufs verglichen. Meine Kanone verstaue ich schussbereit in der Tasche und gebe ihm zu verstehen, dass ich nicht zögern werde, notfalls mein bestes Sakko zu ruinieren. Er steigt willig vor mir die Treppen

hinunter, der Mann im Erdgeschoss öffnet seine Tür ein paar Zentimeter weit und beobachtet uns trübselig. Vielleicht riecht er, dass es mit dem Trinkgeld zu Ende geht.

Das Unwetter ist in einen sanften Regen übergegangen. Mein Begleiter klettert brav in den Wagen, ich nehme das rostige Handschellenpaar, das immer im Auto liegt, und fessle seine Hände an den Haltebügel. Dann nehme ich einen Schluck aus der Notfallflasche und starte. Er nimmt allen Mut zusammen und fragt: „Wo fahren wir hin?"

Aber er fragt in einem Ton, der keine Antwort erwartet. Ich erfülle seine Erwartung.

In der Nacht sieht alles anders aus, auch eine Klinik für durchgeknallte Gutverdiener. Die Klinik von Dr. med. Astase residiert in einem schlossähnlichen Gebäude, das von einem kleinen Park umgeben ist. Gegen die böse Welt schützt sie sich mit einem hohen schmiedeeisernen Gitter. Ich parke auf der Straße und löse Sunshines Armbänder.

„Das ist nicht die Polizei", bemerkt er verblüfft.

„Nein", bestätige ich. „Wollten Sie dorthin?"

Er liest die große Tafel neben der Einfahrt und mustert mich misstrauisch.

„Hier liegt doch Sanini. Was haben Sie vor?"

„Nur Geduld", rate ich ihm. „Beantworten Sie mir erst eine Frage: Gibt es in Ihrer Gesellschaft finanzielle Unstimmigkeiten?"

Er läuft rot an.

„Was meinen Sie damit?"

„Unterschlagungen zum Beispiel."

Für einen Geschäftsmann gibt es scheinbar nichts Schlimmeres. Eines Mordes verdächtig zu sein – das hat er mit beinahe stoischer Ruhe hingenommen, als er erkennen musste, dass er es nicht ändern kann. Aber die Unterstellung, mit seiner Firma könnte etwas nicht im Reinen sein, bringt ihn ernsthaft in Rage. Ich lasse ihn eine Weile schnauben und sage dann: „Sanini scheint es zu glauben. Genauer ausgedrückt: Er hält Sie für den Urheber."

Ein tiefes Grollen wie ferner Donner dringt aus seiner Kehle. Endlich bricht er los.

„Dieser elende Gauner! Dieser unverschämte Lügner! Ich werde ihm den Hals umdrehen!"

„Wie seiner Frau?", frage ich harmlos. Das ernüchtert ihn. Er wählt seine Worte sorgfältig, ehe er weiterspricht.

„Wenn ich Ihnen sagen würde, dass es genau umgekehrt ist und ich ihn nur deshalb nicht wegen seiner Unterschlagungen vor den Richter bringe, weil damit der Ruf der Firma ruiniert wäre – würden Sie mir glauben?"

„Nicht ausgeschlossen", erwidere ich vorsichtig. „Lassen wir es darauf ankommen."

Ungeheuer überall

Wir steigen aus. Das Gitter ist stabil wie eine Panzersperre, sein Schloss nicht. Ich öffne es und wir gehen durch Wasservorhänge die Auffahrt entlang. Am Portal der Klinik gibt es eine beleuchtete Nachtglocke. Ich lege den Zeigefinger darauf und lasse ihn liegen, bis ich das Sperren des Sicherheitsschlosses höre. Ein haariges Ungeheuer mit einem Schwesternhäubchen auf der Perücke steckt den Kopf ins Freie.

„Sind Sie verrückt?", dröhnt sie. „Wissen Sie, wie spät es ist?"

Es ist die Stimme, die ich schon am Telefon genossen habe.

„Noch nicht zu den Kannibalen abgereist, Süße?", frage ich enttäuscht. „Die Kochtöpfe warten schon."

Sie starrt mich an, als hätte ich grüne Haare und Antennen auf dem Kopf.

„Um diese Zeit nehmen wir keine Patienten auf", belehrt sie mich böse. Ich entscheide, dass ich nass genug bin, und gebe der Türe einen Stups. Das Ungeheuer sitzt sprachlos auf dem Boden und ringt nach Luft. Es hat die Figur eines olympischen Freistilringers. Sein Kittel ist über die Fußbälle gerutscht, die es anstelle der Knie verwendet. Ich kann der Versuchung nicht widerstehen und trete einen Freistoß. Er prallt in die Mauer. Sunshine räuspert sich vorwurfsvoll.

„Spielen Sie immer so direkt?"

„Ach was!", sage ich verärgert. „Wenn ein herzhafter Schuss danebengeht, heißt es jedes Mal, man hätte abspielen müssen."

Er ist nicht überzeugt. Ich ziehe ihn herein und schließe die Tür. Das Ungeheuer findet sein Reibeisen wieder.

„Sie sind wirklich verrückt", stellt sie fest. „Sie müssen verrückt sein."

„Ich weiß selbst, was ich muss", erwidere ich. „Wo ist Sanini?"

„Das sage ich Ihnen nicht", eifert sie. „Ihnen schon gar nicht!"

„Vorsicht", drohe ich. „Sonst gibt es einen Elfer."
Sie zieht hastig die Bälle ein und faucht wild.
„Das wird Sie viel kosten, Sie Teufel!"
Ich gehe ein paar Schritte zurück, für den Anlauf.
„Halt!", greint sie. „Der Elfer ist total ungerecht. Er hat
Zimmer sieben. Im Erdgeschoss."
„Herzlichen Dank", sage ich galant. „Wir wollen ihm einen
Besuch abstatten. Führen Sie uns bitte."
Sunshine, plötzlich wieder ganz Kavalier, will ihr aufhelfen.
„Zurück, Sie Verbrecher!", zischt sie. Ihm gleitet die Farbe
aus dem Gesicht. Du kannst einen Börsenmakler Börsenmakler
nennen, und er fühlt sich geschmeichelt. Nenn
ihn Verbrecher und er ist beleidigt. Das verstehe, wer will!
Abgesehen von uns dreien, einigen Säulen und einem Tisch
mit einem Telefon aus Elfenbein und Gold ist die
Eingangshalle leer. Das Haus liegt still wie ein toter Hund.
Zwei Gänge und eine breite Treppe führen in sein Inneres.
Ich ziehe den Revolver und winke das Ungeheuer hoch. Es
rappelt sich auf und rollt vorbei wie ein Ballon voll
Verachtung. Sunshine schämt sich für mich. Er macht die
zweite Gans und ich beschließe die Prozession. Sie führt uns
zwanzig Schritte in einen der Gänge. Dort dreht sie sich um,
bedenkt uns mit einem niederschmetternden Blick und sagt:
„Hier drin, ihr Mörder!"
Ich schiebe beide ins Zimmer und mache Licht. Sanini haust
bescheidener als das tote Eiswürfelchen im Club. Schlichtes
Linoleum, Bad, weißer Kasten, abgetrenntes Häuschen und
Krankenbett. Dort sitzt er im roten Pyjama, blinzelt ins Licht
und reibt sich die Augen. Wenn jemand einen Makler kaufen
will, soll er es in der Nacht tun – da stehen sie niedrig im
Kurs. Das Ungeheuer sieht drein wie eine Wolke kurz vor
dem Wortgewitter. Ich drücke es ins Klo und verriegle die
Tür.
Sunshine hat seinen Zorn überwunden und steht da wie ein
vergessenes Unglück. Endlich beschließt er, in einen Sessel zu

sinken und aufzupassen, dass niemand den Boden stiehlt. Sicher denkt er dabei an mich.

Ich krame unterdessen im Schrank und in den Taschen des Anzugs, der drinnen hängt. Das bringt Sanini auf Touren.

„Was tun Sie da?", brüllt er. „Was haben Sie überhaupt hier zu suchen?"

Ich mache ungerührt weiter, bis seine Betriebstemperatur um drei Grad gestiegen ist, und sage dann beiläufig: „Den Mörder Ihrer Frau."

„Im Schrank?", erkundigt sich Sunshine und schluckt plötzlich schwer, als er begreift, was ich meine. In den nächsten Sekunden herrscht eine so tiefe Stille, dass man die Äpfel auf dem Nachtkästchen reifen hört. Wütende Geräusche aus dem Häuschen unterbrechen sie. Das Ungeheuer gibt Laut. Ich greife kurz rein und ziehe die Spülung, bis wieder Ruhe herrscht. Die Geschäftspartner reagieren wie synchrone Aufziehmännchen. Zunächst starren sie mich an, dann wandern ihre Blicke zueinander. Ein Muskel in Saninis Gesicht ist aus der Halterung gefallen und zuckt unaufhörlich. Sunshine ist bleich wie das Innere eines Kalkbottichs. Sein Widerpart spricht zuerst.

„Du verdammtes Schwein!", sagt er hasserfüllt. „Ich habe geahnt, dass du sie umgebracht hast. Das wirst du büßen! Bell, übergeben Sie ihn der Polizei!"

Irgendwie schafft es Sunshine, leise und beherrscht zu bleiben. „Das ist eine Lüge, du Mistkerl – und bei Gott: Niemand weiß das besser als du."

„Wer von euch beiden hat wohl recht?", frage ich freundlich. „Einer lügt, so viel steht fest."

Sunshine wirbelt herum.

„Ich habe Ihnen die Wahrheit gesagt. Ich war dort, das habe ich zugegeben, aber die Tür war versperrt. Ich konnte sie gar nicht getötet haben."

„Das kostet dich den Kopf", stellt Sanini zufrieden fest. „Kein Mensch wird dir dieses Märchen glauben. Rufen Sie endlich die Polizei, Bell. Ich werde Ihre Leistung zu würdigen wissen."

„Sie hätten einen Nachschlüssel anfertigen lassen können", sage ich zu Sunshine gewendet. „So einen wie den hier." Ich wirble das kleine silbrige Ding in die Luft und fange es wieder auf.

„Ich habe ihn in Ihrer Rocktasche gefunden, Sanini." Er fährt hoch.

„Das ist unmöglich! Ich habe ihn ..."

„Weggeworfen?", ergänze ich rasch. „Es war wirklich gut geplant, aber Sie haben dennoch Fehler begangen. Ihren größten, als Sie mich ins Spiel brachten", füge ich bescheiden an.

Saninis Gesichtsausdruck wird noch härter und verschlagener, als die Natur es für ihn vorgesehen hat.

„Ein lausiger Trick, Bell. Damit kommen Sie nicht durch. Sie können mir nichts nachweisen, Schlüssel hin, Schlüssel her."

„Auch nicht den Mord an Willi?"

Er lächelt gepresst.

„Ich weiß nicht, wovon Sie sprechen, aber wenn ich es erfahre, werde ich Sie zur Rechenschaft ziehen."

Ich zucke die Achseln und wende mich an Sunshine, der dasitzt wie betäubt.

„Soll ich Ihnen erzählen, warum er es getan hat?"

Er lässt den Kopf einen Zentimeter sinken, was ich als Aufforderung deute.

„Er wollte zwei Menschen treffen, seine Frau und Sie."

„Mich?", röchelt er.

„Ja. Der Tod von Lisbeth Eiswürfelchen hat einen finanziellen und einen privaten Aspekt: Erbschaft und Freiheit. Es gelang Ihrem Partner, einen Mord auszuknobeln, der ihn selbst vor einer ernsthaften Untersuchung bewahren würde. Sein zweites Opfer sollten Sie sein. Auch in Ihrem Fall hatte er ein finanzielles und ein privates Motiv. Das Finanzielle waren die Unterschlagungen. Wenn Sie erst unter Mordverdacht um Ihr

Leben kämpften, hätten Sie andere Sorgen als
Unregelmäßigkeiten in der Bilanz."
„Und das Private?", fragt Sunshine heiser.
„Dazu komme ich gleich. Sanini wusste, dass Sie von seiner
Frau erpresst wurden. Ich weiß nicht, wie er es erfahren hat,
aber er wusste es. Vielleicht lieferte er ihr sogar den Tipp
dazu. Damit mussten Sie von Anfang an im Scheinwerferlicht
der Ermittlungen stehen. Wäre die Polizei nicht rasch genug
hinter die Erpressungen gekommen, hätte er anonym
nachgeholfen. Um das Komplott noch besser zu untermauern,
wählte er für den Mord einen Tag, an dem Sie üblicherweise
zur Kasse gebeten wurden. Ihre Situation war tatsächlich
ziemlich übel. Zumindest wäre es Ihnen nicht leichtgefallen,
den Verdacht zu entkräften. Jetzt zu seinem privaten Motiv.
Es ist ein Glanzstück an Gemeinheit. Wie gesagt: Sanini
wusste, dass Sie erpresst wurden, und er wusste auch, womit.
Bald nachdem er davon erfahren hatte, legte er es darauf an,
die Bekanntschaft Ihrer Freundin zu machen. Sie gefiel ihm,
das ist kein Wunder. Zu diesem Zeitpunkt erwies er sich
seiner Gattin als durchaus ebenbürtig. Er begann nun
seinerseits Ihre Freundin zu erpressen, indem er vorgab, Sie
wären derjenige, der die Unterschlagungen beginge. Er drohte
ihr, Sie ins Gefängnis zu bringen, wenn die Kleine mit seinem
Alternativvorschlag nicht einverstanden wäre. Der
Alternativvorschlag bestand in zwei Abenden pro Woche. Er
erfand sogar die Geschichte, die sie Ihnen als Ausrede
auftischen sollte: den Abendkurs."
Ich behalte beide im Auge, während ich mein Garn abwickle.
Sanini ist immer blasser und unruhiger geworden, Sunshine
gefährlich still.
„Sagt er die Wahrheit?", fragt er seinen Partner schlicht.
Sanini räuspert sich.
„Du wirst diesem Kerl doch nicht glauben. Er lügt wie
gedruckt."
Sunshine wendet sich zu mir.

„Sie hat es mir selbst erzählt", sage ich. „Als Sie im Bad
saßen. Nachdem ich die Tote gefunden hatte, war mir rasch
klar geworden, dass Ihr Partner ein Motiv und mit einigem
Geschick auch die Gelegenheit zum Mord gehabt hätte. Das
Gespräch mit Ihrem Schätzchen bewies auch, dass er zu allem
fähig ist."

In Sunshines Miene spiegeln sich Hass und Zweifel. Vom
Bett her ertönt plötzlich ein lautes, gackerndes, reichlich irres
Lachen.

„Das mit dem Mord ist natürlich Blödsinn. Und die Kleine?
Was ist denn groß dabei? Sie hat mit mir nicht weniger Spaß
gehabt als mit dir. Wir sind doch erwachsene Männer, nicht
wahr?"

Sanini lacht wieder. Das ist nicht klug von ihm. Sunshine
schnellt hoch wie eine gelöste Stahlfeder, packt das
Wasserglas auf dem Nachtkästchen, schlägt es ab und drückt
die scharfen Zacken in Saninis Hals. Eine trifft die
Schlagader.

Ich sehe zu, wie das Blut sprudelt und rasch einen dunklen
Vollbart auf Saninis Pyjamabrust legt. Meinem Klienten ist
nicht mehr zu helfen. Das wird den Bullen viel Kleinarbeit mit
ungewissem Ausgang sparen.

Sunshine starrt abwechselnd auf Sanini und seine Hand, von
der ebenfalls Blut tropft. Er hat sich selbst am Glas
geschnitten. Ganz schön aufbrausend, diese Maklerbande. Ich
nehme an, dass die Juristen einen Totschlag daraus machen
würden. Soll mir auch recht sein.

Dann denke ich an das Goldschöpfchen und dass ich hier
keine Zeit mehr zu verschwenden habe. Sunshine ist von
seiner Tat völlig benommen. Er merkt gar nicht, dass ich zu
ihm trete. Mein Revolver streichelt seine Schläfe, sanft sinkt
er zu Boden. Ich knüpfe ihn an das Bettgestell, damit er nicht
davonläuft, hole den Schlüssel aus der Tasche und stecke ihn
wieder in Tür Nummer sieben, diesmal allerdings von außen.
Er sperrt tadellos. Saninis Pech, dass er auf meinen kleinen
Bluff hereingefallen ist.

Der Flur ist leer. Ich schätze, das Ungeheuer wird nicht lange brauchen, um das zu ändern. Mit dem Handy alarmiere ich die Kripo. Das Aufräumen überlasse ich gerne der Staatsgewalt. Butta wird sich gewaltig freuen, wenn er wieder mal eine Leiche findet, die ich geliefert habe. Er wird brüllen vor Freude. Da muss ich nicht zuhören. Außerdem habe ich ja noch etwas vor.

Harte Bandagen

Einen Block vor dem Eden-Club halte ich an. Es schüttet nach
wie vor. Auf dem Rücksitz liegt ein alter Mantel, den ich
verwende, wenn es am Auto was zu reparieren gibt. Ich
kümmere mich nicht um Öl- und Rostflecke, ziehe ihn an und
schlage den Kragen hoch. Frühschichtarbeiter und
Lieferwägen, die mit ihrer gähnenden Besatzung aussehen wie
ein einziger weit aufgerissener Mund, durchpflügen die
Straßenseen.
Vor dem Clubgebäude biege ich in jene Seitengasse, die zur
schadhaften Stelle in der Mauer führt. Es ist kein origineller
Einfall, es noch einmal auf diesen Weg zu versuchen. Ich
weiß nicht einmal, ob sich die Bande überhaupt hier aufhält,
aber eine bessere Idee habe ich nicht. Dann sehe ich die
eiserne Pforte in der Mauer. Sie liegt etwa zehn Meter von der
Einmündung der Gasse in die Hauptstraße entfernt, ist von
demselben Grau wie die Wand und glatt in sie eingepasst.
Kein Wunder, dass ich sie in der Nacht übersehen habe. Sie ist
versperrt und macht nicht den Eindruck, als würde sie oft
benützt, aber als ich mit dem Finger über die Angeln streiche,
bleibt ein frischer Ölfilm darauf haften.
Mit einem Schlag tauchen zwei Fakten vor meinem inneren
Auge auf. Ich bin davon ausgegangen, dass Astro in dem
Keller, den ich gesehen habe, umgebracht wurde. Das
bedeutet aber, dass die Bande ihn noch bei Tageslicht dorthin
geschafft haben muss. Und: Die Bullen haben zwar den Club
geschlossen, nicht aber die beiden Restaurants. Selbst wenn
man Netto zutraut, am helllichten Tag zwei Gefangene in das
Untergeschoss des Gebäudes zu schmuggeln, kann er es kaum
wagen, unmittelbar unter Küche und Restaurant einen Mann
wer weiß wie lange zu foltern. Viel zu riskant. Damit fällt der
Club als Versteck aus.
Ich stehe ziemlich ratlos vor der eisernen Pforte und blicke
um mich. Die Gasse ist schmal und nach einigen Metern
durch Eisenpoller für die Durchfahrt gesperrt. Gegenüber der

unauffälligen Tür befindet sich ein Eingang in ein baufälliges Haus. Für die Gangster wäre es kein großes Risiko gewesen, mich aus dem Club ins Nachbarhaus zu schaffen. Ich untersuche die Tür der Bruchbude. Sie wirkt erstaunlich massiv und hat ein Sicherheitsschloss. Es muss auch einen Zugang an der Hauptstraße geben. Ich gehe die paar Meter zurück und sehe um die Ecke. Vor dem Gehsteig steht eine dunkle Limousine mit getönten Scheiben. Nun verwenden bestimmt nicht nur Gangster und Politiker solche Kutschen, doch zu Kassa Netto passt sie perfekt.

Der Haupteingang des Gebäudes ist verglast – nicht mit billigem Fensterglas. Auch das ein seltsamer Gegensatz zum übrigen Erscheinungsbild.

Ich ziehe den Mantelkragen höher und torkle wie ein Betrunkener am Eingang vorbei. Dabei werfe ich einen Blick durch die Scheibe. Im Hintergrund erkenne ich den Umriss einer massigen Gestalt. Es gibt zwei Wege, um ins Haus zu gelangen. Ich kann an der Tür mächtigen Lärm machen und abwarten, was passiert. Wenn die massige Gestalt tatsächlich eine der Missgeburten ist, wäre die Bande damit gewarnt und mein Vorteil im Eimer. Oder ich versuche, den Kerl herauszulocken. Falls es sich um einen Frührentner handelt, der sich nur die Zeit damit vertreibt, um sechs Uhr morgens eine nasse Straße zu betrachten, würde ich ihm einen Kaffee spendieren, zu Butta fahren und mich in mein Schicksal ergeben.

Ich wähle die zweite Möglichkeit und tue, als ob mir gerade etwas Unaufschiebbares eingefallen wäre. Ich torkle zur Limousine und fingere mit dem Rücken zum Hauseingang umständlich an meinem Mantel herum. Gleich darauf wird die Tür aufgerissen. Eine raue Stimme ruft: „He, du Penner! Verpiss dich!"

„Will ich ja gerade, Dummkopf!", lalle ich, ohne mich umzudrehen.

Die Tür schlägt heftig gegen die Wand, schwere Schritte nähern sich. In der Drehung ziehe ich die Kanone und richte sie auf eine der Missgeburten, die nur noch drei Schritte entfernt ist und wie angenagelt erstarrt.

„Nett, dich wiederzusehen", grüße ich. „Wenn du dich bückst, verrate ich dir ein Geheimnis."

Für diese Sorte reichen die einfachsten Tricks, es kommen einem fast die Tränen. Er senkt seinen plumpen Schädel genau in die Bahn meines hochschnellenden Revolvers. Dieses Geheimnis wird er nicht so schnell vergessen. Dann kracht er satt auf den nassen Asphalt, der Ton gefällt mir. Ich nütze seinen Schwung, um ihn unter die Heckstoßstange der Limousine zu rollen. Damit er auch verlässlich hierbleibt, knacke ich den Kofferraum und montiere mit dem Originalwerkzeug die Hinterräder ab. Das muss genügen, es ist ja ein schwerer Wagen.

Die Pforte zum Gaunernest steht weit offen. Ich nehme die Einladung an und schleiche vorsichtig in das Halbdunkel eines Labyrinths aus rechtwinklig angeordneten Gängen. Der Schein einer Lampe weist mir den Weg zum Keller. Vor einer geschlossenen Tür haben die Gangster ein Lager errichtet. Zwei Klappbetten, ein Tisch, mehrere Stühle und ein großer Kühlschrank. Es sieht nach einem Stützpunkt für Notfälle aus. Rattengesicht liegt auf einer der Pritschen und schnarcht. Die zweite Missgeburt sitzt am Tisch vor einer Flasche Bier und blättert in einem Heftchen mit bunten Bildern. Sie sitzt mit dem Gesicht zu mir, tief ins Comic versunken. Netto ist nicht zu sehen. Ich spähe um die Ecke und entwerfe einen Schlachtplan. Er besteht darin, auf das Baby zuzugehen und abzuwarten, wann es mich bemerkt. Es bemerkt mich spät. Ich komme nahe genug, um auszuholen und zuzuschlagen, doch er wirft sich zur Seite. Ich bücke mich und regle unsere Angelegenheit. Rattengesicht erwacht für fünf kurze Sekunden und blinzelt verwirrt ins Licht. Danach schläft es noch fester als zuvor.

Das hat etwas Lärm verursacht, aber niemand zeigt sich. Ich schleiche durch die Tür, eine weitere Treppe hinab. Gleich im ersten Raum hat Stunden zuvor Astros Leiche gelegen. Sie haben sie weggeschafft, aber der blutige Fleck auf dem Boden spricht Bände. In einer Nische liegt eine kleine Pistole, die vor Wiedersehensfreude nur so funkelt. Es ist meine. Ich kontrolliere sie und stecke sie in die linke Tasche.

Aus dem Nebenraum dringen Geräusche, die typisch sind für eine ganz bestimmte Art von Tätigkeit. Netto hat die 24 Stunden nicht abgewartet. Ich stoße die Tür mit dem Fuß auf. Sie sind zu beschäftigt, um mich zu hören. Netto liegt auf dem nackten Goldschöpfchen. Sie windet sich unter ihm und stöhnt laut. Ihre schönen Beine sind zum Zerreißen angespannt. „Viel Vergnügen", sage ich mit einer Stimme, die sogar für mich selbst fremd und unangenehm klingt. Netto reagiert ohne Schrecksekunde und genauso, wie ich es erhofft habe. Seine Hand zuckt zu der Pistole, die neben dem Bett liegt, und bringt sie mit einer einzigen fließenden Bewegung in Anschlag. Ich ziele auf seinen Kopf und schieße. Die Wucht des Aufpralls schleudert ihn vom Goldmähnchen, als wäre sie Wilhelm Tells Sohn und er der Apfel. Ich erwähnte schon, dass man mit diesen abgeflachten Kugeln eine Kuh tranchieren kann. Nettos Schädel platzt wie ein Marmeladeglas und verteilt sich über die Wand. Das Goldschöpfchen liegt benommen da und sieht mich abwesend an. Ich will zu ihr gehen, aber irgendwas an ihrem Ausdruck hält mich zurück. Nettos Rumpf liegt halb auf dem Zementboden, die Hand, die noch die Pistole umklammert, ragt über den Matratzenrand. Mit einer zeitlupenartigen Bewegung löst Goldschöpfchen die Waffe aus den Fingern des Toten und schwenkt die Mündung in meine Richtung. Ich stehe da wie der Ochs vorm Scheunentor, aber ein paar Steinchen fügen sich zusammen. Sie richtet sich auf.

„Lass den Revolver fallen", sagt sie tonlos.

Der Aufschlag dröhnt laut in dem kleinen Raum. In ihren Augen funkelt Hass. Es sieht nicht aus wie eine vorübergehende Geistesstörung nach dem Schock.

„Du hast immer noch nicht verstanden!", schreit sie mich an.

„Du hast meinen Mann getötet!"

Sie steht auf und tritt einen Schritt näher. Die Kanone zielt genau auf meine Brust.

„Er hat mich geliebt. Ich war der einzige Mensch, den er in seinem Leben geliebt hat. Als wir uns das erste Mal trafen, wussten wir, dass wir füreinander bestimmt waren. Zwei Wochen später heirateten wir. In einigen Monaten hätte er seine Geschäfte verkauft. Wir wollten ins Ausland ziehen." Ihre Stimme wird immer leiser, die Hand mit der Pistole zittert nicht.

„Dann passierte der Mord. Wir mussten die Sache so rasch wie möglich aus der Welt schaffen, sonst wäre alles verloren gewesen. Die Bullen legten es nur darauf an, uns möglichst viele Steine in den Weg zu legen, und Astro lieferte die Vorlage. Deshalb brauchten wir einen Idioten, der uns auf dem Laufenden hielt und die Schmutzarbeit erledigte."

Sie zischt wie eine Schlange.

„Nur deshalb habe ich mich mit dir eingelassen, du karierter Straßenköter."

„Beim Tanzen warst du ganz gut", sage ich vage. „Und nachher auch."

„Ja", faucht sie. „Ich habe dabei an Kassa gedacht." Da macht sie sich natürlich was vor, aber gründlich. Das sollten wir ausdiskutieren. Leider sieht sie nicht nach Diskutieren aus.

Sie presst die Lippen zusammen und hebt den rechten Arm, bis ich genau in das bösartige, kleine schwarze Loch sehen kann. Ich begreife, dass sie ihren Entschluss gefasst hat und nicht mehr weiterreden wird. Der Finger am Abzug krümmt sich. Auf die Distanz kann sie mich nicht verfehlen. Ich feuere mit der Linken durch die Manteltasche und treffe sie mitten in die Stirn. Es ist ein Glückstreffer, hätte ein Laie vielleicht gesagt. Drei dunkle Augen starren mich an, zwei voller Verwunderung, aus dem mittleren sickert Blut.

Ich fange sie auf, drücke einen sanften Kuss auf ihre Lippen und lasse den schönen, toten Körper vorsichtig zu Boden gleiten. Welche Verschwendung!

Lange stehe ich da und bringe mein Innenleben so halbwegs wieder in Ordnung, während Netto von der Wand tropft und sich das ausgebreitete Haar des Goldschöpfchens rot färbt, als ob die Abendsonne darin untergehen würde.

Endlich wische ich die Schatten aus meinem Kopf und greife nach dem Handy.

Bullen und so

„Viele Zeugen, die Ihre Geschichte bestätigen könnten, haben
Sie ja nicht am Leben gelassen", stellt Untersuchungsrichter
Harry Link missmutig fest. Er nimmt es mir ernsthaft übel,
dass ich mich nicht zu guter Letzt vom Goldschöpfchen habe
umlegen lassen.
Butta lässt ein grimmiges Knurren los und mischt sich ein.
„Es stimmt, dass Sanini am Mordtag das Bürohaus durch den
Hintereingang verlassen hat. Der Portier beobachtete ihn
dabei, hat es allerdings nicht mit dem Verbrechen in
Verbindung gebracht. Zumindest behauptet er das. Wir haben
Bells Theorie überprüft. Es wäre Sanini wirklich möglich
gewesen, innerhalb von 30 Minuten mit dem Auto seiner
Sekretärin zum Club zu fahren, über die Mauer zu steigen,
sich in der Deckung der Bäume auszuziehen, das Gebäude
vom Garten her als Gast zu betreten, den Mord zu begehen
und auf dem gleichen Weg ins Büro zurückzukehren. Es ist
nicht einfach, aber es ist möglich. Um die Mittagszeit herrscht
so wenig Betrieb, dass er nicht einmal ein großes Risiko
einging."
Er betrachtet mich mit zusammengekniffenen Augen.
„Ich möchte nur wissen, wieso du ihn verdächtigt hast. Er war
doch dein Auftraggeber."
„Ein überzeugendes Motiv hatte er ja", erläutere ich
gönnerhaft. „Und dann war da noch der Hund. Es passte
einfach nicht zum Bild des Profikillers, Zeit zu verschwenden,
um den Hund seines Opfers mit Wasser und Futter zu
versorgen."
Butta knurrt wieder grimmig und verzieht das Gesicht. Im
Großen und Ganzen betrachtet er den Fall von der praktischen
Seite. Er ist Netto und Astro los und kann den Mord am
Eiswürfelchen abhaken. Das heißt aber, er müsste mir
eigentlich dankbar sein, und das wurmt ihn gewaltig.
Immerhin habe ausgerechnet ich nachgewiesen, dass er auf
der falschen Fährte war. Link mustert mich freudlos.

Nadelstreif ist ihm eben lieber als Karo. Er sieht durch zu viele Gitter.

„Nehmen wir an, Sie hätten recht", bemerkt er widerwillig.

„Wie erklären Sie dann den Mord am Aufseher?"

„Da kann ich nur raten", gestehe ich. „Vielleicht wurde Sanini nervös und wollte die Untersuchung verwirren."

„Wie schön, dass selbst ein Genie seine Grenzen hat", brummt Butta. „Zufällig kann ich dazu etwas beitragen."

„Muss wirklich ein Zufall sein", wirft Link bissig ein. Butta schluckt schwer und fährt fort.

„Ich habe Saninis Arzt ausgequetscht. Den, der nach seinem Zusammenbruch im Büro auftauchte. Er behauptet, der Kollaps sei echt gewesen. Sanini litt unter zunehmendem Verfolgungswahn und die Prognose war übel. Einfach ausgedrückt: Er stand an der Schwelle zum Wahnsinn. Es ist nicht unwahrscheinlich, dass er sie mit dem Mord an seiner Frau endgültig überschritt und von da an unter Zwang und mit Motiven handelte, die wir nicht verstehen können."

„Wirklich ein Jammer", sagt Link sarkastisch, „dass Bells erfolgreiche Aufklärungsarbeit auch hier nur eine Leiche zurückließ."

„Es ging so schnell", beteuere ich. „Ich konnte ihm nicht mehr helfen."

Link studiert mit gerunzelter Stirn ein Papier und fixiert mich dann mit seinen blassen Eidechsenaugen.

„Der Klinikchef verzichtet leider auf eine Anzeige wegen Hausfriedensbruchs. Er fühlt sich mitverantwortlich dafür, dass einer seiner Patienten das Sanatorium verlassen und einen Mord begehen konnte. Damit hat er nicht einmal unrecht. Die Beruhigungsmittel, die Sanini verschrieben bekam, lagen unter der Matratze. Es scheint, als ob Sie mit einer reinen Weste aus der Sache rauskämen."

Butta grunzt, als hätte er gerade eine Fliege verschluckt.

„Immerhin hat Bell den Fall geklärt."

Er lächelt boshaft.

„Obwohl ihn seine pubertäre Vorliebe für blonde Flittchen

diesmal beinahe den Kragen gekostet hätte. Netto und sein Schätzchen müssen sich großartig amüsiert haben bei der dramatischen Kellerszene: wehrlose Unschuld in den Händen gewissenloser Gangster."

„Vielleicht lachen sie noch immer", knurre ich. „Wenn ich allerdings nicht bald etwas in den Magen bekomme, muss ich mich selbst ins Jenseits verabschieden."

Link entblößt seine Mäusezähnchen.

„Eine wahrhaft verlockende Aussicht, meinen Sie nicht?"

„Ich habe noch eine Frage", sagt Butta. „Wie bist du draufgekommen, dass Sanini die Partnerschaft mit Sunshine auch auf dessen Geliebte ausgedehnt hatte?"

„Sunshines Frau erzählte mir, ihr Mann sei an drei Abenden pro Woche in Sachen Liebe unterwegs. Der Säufer aus dem Haus in der Gerbergasse meinte aber, das Mädchen würde fast täglich begleitet. Ich verstand nicht gleich, was es bedeuten sollte, dass es vielleicht nicht immer derselbe Herr sei. Dann fiel mir ein, dass Sanini und Sunshine einander ähnlicher waren, als sie selbst glaubten. Der gleiche Gesichtsausdruck, gleiche Anzüge, gleiche Autos. Ich fragte das Mädchen und sie gestand mir, wie es war."

„Welchem Zufall verdankt sie eigentlich ihr Leben?", erkundigt sich Link hämisch. „Hatten Sie einen schwachen Moment?"

Ich grinse ihn an.

„Ich erschieße nur jede zweite Nackte. Außerdem kennt sie meine Wohnung noch nicht."

Er bekommt einen roten Kopf.

„Ich habe fürs Erste keine Fragen mehr. Meinetwegen können Sie gehen."

Ich sehe Butta an und er nickt griesgrämig.

„Dann will ich nicht länger stören", sage ich und stehe auf.

„Ihr Leute von der Obrigkeit habt sicher noch massenhaft zu tun. Ruft ruhig an, wenn ihr meine Hilfe braucht."

Ich habe schon mal freundlichere Gesichter zurückgelassen.

Happy End

Es wird noch Tage dauern, bis der Fall endgültig geklärt ist, manches lässt sich vielleicht erst erhellen, wenn Tote sprechen lernen. Aber das Grundmuster liegt offen zutage und für die Kleinarbeit sind Buttas Horden gut genug. Ich bin zufrieden mit mir. In einem Restaurant in der Nähe verschlinge ich ein Festmenü mit Champagner, nehme aus einem Laden ein paar vielversprechende Flaschen mit und richte mich ganz auf einen gemütlichen Abend ein.

Aber als ich auf meinem pinkfarbenen Ledersofa liege, wo die karierten Sakkos so gut zur Geltung kommen, ein volles Glas neben mir, dezente Blasmusik im Ohr, habe ich plötzlich das Gefühl, dass noch etwas fehlt. Etwas mit schwindelerregenden Kurven unterm Kleid und einer aufgeschlossenen Einstellung zu den angenehmen Seiten des Lebens.

Ich wähle eine Nummer und bete still, dass sie sich meldet.

Sie sagt nur „Ja?", aber für mich klingt es wie ein hundert Seiten starker Farbkatalog aus Tausendundeiner Nacht.

„Hallo Offenherzige", sage ich schlicht.

„He!", ruft sie begeistert. „Ein brünstiger Stier am Telefon. Hat er auch einen Namen?"

„Nenn mich Jingle, Kleines. Wir haben uns vor zwei Tagen im Club gesehen. Du bist mir mit deiner angetrauten Lehmmaske entgegengekommen. Erinnerst du dich?"

„Zeit war's", entgegnet sie. „Ich dachte schon, ich wäre alt und hässlich geworden."

„Wie geht es deinem Mann?", lenke ich ab.

„Er sitzt an einem Krankenbett und hält Händchen mit einem Trankopf. Meinetwegen soll er dort anwachsen. Hab ich es nicht dir zu verdanken, dass der Club geschlossen wurde und mein Sexualleben seither verkümmert?"

„Erst seit zwei Tagen", werfe ich ein.

„Zwei Tage sind eine verdammt lange Zeit. Du hast ihn hochgehen lassen, stimmt's?"

„Ja."

„Na denn, stoßen wir darauf an!"

„Genau das habe ich vor", verrate ich ihr.

Ihre Stimme wird plötzlich heiser, als habe sie sich gerade verkühlt.

„Wo hast du es denn vor?"

Ich sage es ihr. Dann strecke ich mich erleichtert auf der Couch aus und warte.

Weitere Bergmann-Krimis

Das Massengrab hat Hunger
Fall Nr. 2 der Reihe „Privatdetektiv Jingle Bell"
Privatdetektiv Jingle Bell pflegt erneut extravagante
Methoden, ausgefallene Kleidung und seine Intimfeindschaft
mit den Bullen. Er teilt gern aus, muss aber auch harte
Schläge einstecken. In seinen Worten:
„Diesmal geht es ordentlich rund in Monakree, der Stadt des
tanzenden Hahns. Eine Serie von Anschlägen erschüttert die
chemische Industrie. Ich bin der Einzige, dem die Bosse eine
Lösung zutrauen. Dabei stecke ich selbst in der Krise. Sie
heißt Theo und ist mein neuer Partner. An meiner Bürotür
steht nun Bell/Torpedo statt Jingle Bell.
Trotzdem ziehe ich los, um die Dinge zu regeln. Das macht
ein paar Leute richtig bösartig. Sie wollen mich eiskalt
abservieren. Eiskalt ist durchaus im Wortsinn zu verstehen.
Aber da geraten sie an den Falschen."
Die Leser dieser rasanten Krimiparodie werden es gerne
bestätigen.

Der Berufserbe – Chefinspektor Falks Sündenfall
Fall Nr. 1 der Reihe „Kärntner Mordsbullen"
Wie weit darf ein Polizist gehen, der von der Schuld eines
Mannes überzeugt ist, ihn aber nicht vor Gericht bringen
kann?
Chefinspektor Falk, leitender Ermittler der Kripo Klagenfurt,
übernimmt einen scheinbar unspektakulären Fall. Ein
pensionierter Rechtsanwalt bricht sich bei einem Sturz auf der
Kellertreppe das Genick. Fremdverschulden scheint
ausgeschlossen. Bis ein anonymer Brief eintrifft, der auf das
ungewöhnliche Sexualleben der 30 Jahre jüngeren Gattin des
Opfers hinweist. Falk stattet ihr einen Besuch ab, der ihn
rasch in die weitverzweigten und ziemlich stacheligen Netze
einer wohlhabenden Familie führt. Über zwei Jahrzehnte
hinweg zog einer ihrer Angehörigen Erbschaften an wie ein

Magnet. Ein Zufall?
Der Chefinspektor riskiert sehr viel, um diese Frage zu beantworten.

Der gelbe Gladiator – Chefinspektor Falks Fingerfall
Fall Nr. 2 der Reihe „Kärntner Mordsbullen"
Auch Kriminalbeamte kämpfen mit den Tücken der Liebe und mehr noch mit jenen der Bürokratie. Chefinspektor Falk kommt ein neuer Fall nicht ungelegen. Beim Entrümpeln eines Dachbodens finden Arbeiter ein Schmucketui. Drinnen liegt ein mumifizierter weiblicher Finger. Prof. Norobosco, führender Forensiker in Klagenfurt, meint, dass er vor fünf bis zehn Jahren abhanden gekommen sein müsse. Abhanden. Der Professor mag solche Wortspiele.
Falk macht sich auf die Suche nach der dazugehörigen Frau. Das erweist sich als schwierig. Dann wird im selben Haus ein Doppelmord begangen. Der Finger tritt in den Hintergrund, doch Falk ist klar, dass zwischen beiden Fällen ein Zusammenhang besteht, der ihn auf die richtige Spur führen wird.

Die Melodie der Walnuss – Chefinspektor Falks Hexenfall
Fall Nr. 3 der Reihe „Kärntner Mordsbullen"
Chefinspektor Falks Ex-Kollege Lacher stößt bei einem Waldspaziergang auf eine grausam zugerichtete Frauenleiche. Rasch stellt sich heraus, dass die Tote Jahre zuvor als vermisst gemeldet worden war. Ermordet wurde sie aber nur Stunden vor ihrer Entdeckung.
Wo hielt man sie gefangen?
Warum taucht sie jetzt auf, nachdem längst niemand mehr nach ihr suchte?
Ausgerechnet Lacher hatte den Fall damals bearbeitet. Woher stammen seine Erinnerungslücken?
Diesmal bekommt es Falk mit einem Serienmörder zu tun, der seine Opfer nicht einfach aus einer perversen Lust heraus entführt, foltert und tötet, sondern damit auch eine rätselhafte

Botschaft übermitteln will. Es erleichtert die Aufgabe des Chefinspektors nicht, dass sein Freund scheinbar tief in den Fall verstrickt ist.

Club der Harlekine – Chefinspektor Fuchs in Wien
Fall Nr. 4 der Reihe „Kärntner Mordsbullen"
Chefinspektor Fuchs ermittelt in Wien: temporeich, spannend und hintergründig humorvoll.
Der Fingerabdruck eines mehrfachen Mörders, den er seit Langem sucht, ist in der Bundeshauptstadt aufgetaucht – auf der Hülle eines äußerst verstörenden Videos. Rasch muss Fuchs erkennen, dass ihm nicht nur der Gesuchte sein Spiel aufzwingen will, auch ein Teil der Wiener Kollegen verhält sich alles andere als kooperativ. Ihm zur Seite stehen ein Oberst aus Granit, ein exzentrischer Privatdetektiv und eine tschetschenische Kriegerin. Bunte Truppe.
Dann gerät sogar Fuchs selbst unter Verdacht. Mit einem Mal geht es ganz im Wortsinn so heiß her, dass sein Leben keinen Wiener Kreuzer mehr wert scheint.
Ist der Fuchs schlau genug, um sich aus der tödlichen Falle zu befreien?

Die blutige Puppe – Chefinspektor Fuchs auf der Jagd
Fall Nr. 5 der Reihe „Kärntner Mordsbullen"
In den Gurktaler Alpen baumelt eine blutverschmierte Schaufensterpuppe von der Leiter eines Hochstands. Eine Drohung? Ein geschmackloser Scherz? Keine Aufgabe jedenfalls für den Klagenfurter Chefinspektor Fuchs, Spezialist für Gewaltverbrechen. Nur ist der Eigentümer des Hochstands samt riesiger Eigenjagd rundum, ein Freund von Fuchs' Vorgesetztem – und der schwer verkaterte Chefinspektor froh, aus der heißen Stadt in die frische Bergluft zu entkommen.
Das Blut ist lediglich Kunstblut, doch die Puppe beunruhigt ihn. Umso mehr, als der Puppenspieler keinerlei verwertbare Spuren hinterlassen hat. Und so gut die Luft dort oben auch

sein mag, es liegt einige Spannung darin. Spannung entlädt sich – und Gewitter in den Bergen sind eine tödliche Gefahr.

Das Möbiusband – Chiara Fontana

Wie harmlos kann ein Ereignis sein, das unübersehbare, fatale Folgen nach sich zieht? Nun, so harmlos wie ein Sonntagsausflug zum Beispiel. Chiara und ihr Freund Antonio entdecken nahe Florenz eine Skulptur mit bemerkenswerten, fast beängstigenden Fähigkeiten. Rasch interessieren sich dafür höchst unterschiedliche Gruppen, die eine Gemeinsamkeit aufweisen: Sie gehen so ungerührt über Leichen wie brave Bürger über ein Holzbrückchen im Park. Aber auch brutale Mörder erleben in diesem Fantasy-Thriller ihre wahren Wunder – wenn auch meist nur für sehr kurze Zeit.

Dicke Liebe – Irrwitzige Kriminalstories

Dicke Liebe ist eine Sammlung von 25 irrwitzigen Kriminalstories, die samt und sonders an Abgründe führen, ohne diese Abgründe übermäßig ernst zu nehmen. Aus unterschiedlichen Perspektiven werden nicht alltägliche Begebenheiten kriminellen, skurrilen, komischen und grotesken Inhalts erzählt.

Ob es darum geht, was liebende Menschen sich selbst und anderen anzutun bereit sind oder um die verblüffenden und manchmal erschreckenden Konsequenzen von Eitelkeit, Gier, Überheblichkeit, letztlich Dummheit, stets wird der Leser daran erinnert, dass der Reiz des Lebens und des Lesens gerade in den unerwarteten Wendungen liegt.

Tore des Bösen – Kärnten-Thriller

Das Dorf am Rande des Hügellandes, mit seiner kleinen Kirche und den beiden Gasthäusern kaum den Punkt auf der Landkarte wert, war zu neuem Leben erwacht. Doch einer seiner Bewohner hat schlimme, blutrünstige Träume. Er leidet und schweigt. Nicht jedes Schweigen ist Gold. Dennoch geht vorerst alles seinen gewohnten Gang. Dann verschwindet ein Mädchen und kurz darauf beginnt eine Mordserie, die keinen Stein auf dem anderen belässt. Tore des Bösen öffnen sich dem Leser. Liebe, Leidenschaft, Verschlagenheit und uralter, aus längst vergessenen, dunklen Quellen genährter Hass sind die Elemente dieses ungemein spannenden Thrillers. Ein Genuss für alle Freunde des Genres, ein Muss für alle Vertrauensvollen, die ihre Wohnungstür gelegentlich noch unversperrt lassen. Prädikat: Wertvolle Nachtlektüre!

www.peter-bergmann.at